孤独の鷹王と癒しの小鳥
KODOKU NO TAKAOU TO IYASHI NO KOTORI
小さな唇の感触は悩殺的で、久しく忘れていた激しい本能を目覚めさせてしまう。

孤《こ》独《どく》の鷹《たか》王《おう》と癒《いや》しの小《こ》鳥《とり》

深《み》月《つき》ハルカ

ILLUSTRATION：円《まる》之《の》屋《や》穂《ほ》積《づみ》

孤独の鷹王と癒しの小鳥

LYNX ROMANCE

CONTENTS

孤独の鷹王と癒しの小鳥

見渡す限り白い雪原で、遠くに糸杉の森が見える。ウオルシュは、ばささ、と翼を羽ばたかせた。

大きな茶色の翼と嘴《くちばし》を持った鷹《たか》。それがウオルシュだ。鋭い眼光で遥か上空から雪原を見渡し、ウオルシュはそこに小さく動く、ピンク色の頼りない姿を見つけた。

――――…？

真っ白な雪の上に、まるで桃の花が咲いたような色味はとても目立つ。冬毛になっていない小鳥だ。

――――……珍しいな。

隠れる場所のない雪の上は、どんな獣も用心してあまり出てこない。だが手のひらにすっぽりと収まってしまいそうな丸い小鳥は、真っ赤に実ったチェッカーベリーを咥《くわ》え、重さでよたよたと飛んでいた。

欲張らずひとつだけ摘《つま》んでおけばよいものを、たわわに実った枝は、小鳥の身体《からだ》の三分の一以上の大きさになっている。ウオルシュはしばらくそれを眺め、あの小鳥で暖を取ろうと決めた。

冬の季節は、昼間でも雪の冷たさが空気を凍らせる。特に、呪いを受けた身の上であるウオルシュにとって寒さは厳しいものだ。

ウオルシュは昼の間は鷹の姿をしている。長い羽は寒さから身体を護《まも》ってくれるが、炎のない空間でひとり眠るには、もう少し温《ぬく》もりが欲しい。

あの小鳥を〝温《ぬく》め鳥〟にすれば、今日は暖かく眠れるだろう。小鳥は体温が高くて、脚を温めるのにはちょうどよいのだ。慣習通り、役目を終えたら解放してやればよい。

ウオルシュは獰猛《どうもう》な眼光を一瞬眇《すが》め、一気に雪原すれすれまで直角に降下した。

小鳥がビクッと毛を逆立てる。

びゅうう、と風切り羽が空気を裂いて、薄い太陽が小鳥の上に影を作った。小鳥が襲ってくる猛禽類《もうきん》に気付いたのと、鷹がその鉤爪《かぎづめ》で小鳥を掴《つか》んだのは同時だった。

「…ッ!」

小鳥はピンク色のまん丸な塊になった。ウオルシュは小鳥を怪我《けが》させないようにしながら、その鼓動が止まっていないことを確認した。

――気絶したのか…。

ちょうどよい。これなら騒がれずに暖が取れる…ウオルシュはそう思って、再び大きな翼で空気を打った。

大きく翼を広げた姿がみるみる上昇し、やがて森の端に消えていく。

白い雪上に、真っ赤に熟れたベリーが残された。

平原の国《ポーリエ》、と呼ばれる国の端に、水晶で飾られた美しい城がある。先王の愛妾《あいしょう》のために造られたもので、森を背に、城の前には湖がある華奢《きゃしゃ》な別城だった。けれど今は湖も凍りつき、湖面がどこだったかすらわからないほど雪が覆い、まるで〝氷の城〟のようだ。雪と氷に閉ざされた城には、人も獣も近づかない。

ウオルシュはその逞《たくま》しい羽で滑空し、半円形に張り出したバルコニーから城の中に入った。

水晶城は、石床から石柱までいたるところに水晶の細工が嵌《は》め込まれていて、きらきらと氷のような青い光を放っている。ウオルシュはバルコニーから続く大広間を飛んだ。

ウオルシュの大きな翼を広げても、悠々と飛べるほど高い天井。広い廊下。吹き抜けの階段。かつて、夜ごと華やかな舞踏会が開かれた場所だが、今は人の気配もない。

びっしりと水晶で飾られた廊下を行くと、両翼が螺旋《らせん》になった階段があり、その両端には、足元を照らすため、段ごとに橙色《だいだい》の灯《あか》りが浮かんでいた。

蠟燭《ろうそく》のような色合いだが、その光は暖かさを伝えない。水晶に閉じ込められた炎の粉屑《こなくず》が揺らめいているだけだからだ。

「……」

上の階には、ウオルシュの寝室があった。

柱に囲まれた円状の部屋。奥は城主のための広い寝台になっていて、床より二段ほど高くなっている。

ウオルシュはそこまで来て、ようやく翼をたたんだ。

部屋では、ふかふかに敷き詰められた絨毯《じゅうたん》とクッションの上でぴょんぴょんと飛び回っていた炎が、主《あるじ》の帰城に気付き、慌ててひゅっ、と床の燭《しょく》のひとつに戻る。

「王さま、お帰りなさい！　そいつは誰です？　あ、寝室はばっちり暖めときましたよ！」

「ああ、ご苦労だった。これは獲物だ」

取っ手のついた真鍮《しんちゅう》の蠟燭受けに、切り出した氷の塊のような水晶が置いてある。炎の精霊、オゴーニは水晶の中で得意気に揺らめいてみせた。

「敷布も掛け布もふっかふか！　本当はおいらが外に出られれば、王さまがお寝《やす》み中も、ずっとあっためて差し上げられるんですけどね」

ウオルシュはふんわりした寝具に小鳥を置きながら、気のいい精霊に返事をする。オゴーニは精霊なので、人の言葉を使わずとも意思疎通が可能なのだ。

「そうできたらよいが、私がいるだけでお前は凍りついてしまうからな」

ウオルシュは呪いを受けた身だった。

その呪いは呪術師によって国にかけられたものだ

ったが、ウオルシュは王として、その呪いを自分の身に移していた。

　世界は大いなる力を持った神々が支配している。雷《いかずち》の神、家畜の神、豊穣《ほうじょう》の女神…大地には様々な神がいるが、彼らは人間を治めたり、統率したりするわけではない。神々は神々同士で仲良くしたり諍《いさか》ったり、時には戦うこともある。人間は人より強いその力に恐れおののき、加護を祈るだけだ。そして神は、気まぐれに小さな人間たちの願いを聞き届けてくれる。

　国が呪いを受けた時、ウオルシュはこの神々の中でも、最も強く善なる神〝白の神《ヴィエールノ》〟と、闇と冥府を司《つかさど》る強大な〝黒の神《チェールノ》〟に祈り、国を呪いから救って欲しいと祈った。

　神々は願いを聞き届けてくれた。ただし、呪術の理《ことわり》を曲げることはできない。呪いは消えず、ウオルシュの身に移し替えただけだ。だが、ウオルシュはそれでもよかった。

　大切なのは、王として国を守ることなのだから。

　呪いは〝陽の光を受けられない〟というものだ。太陽が空に輝いているというのに、白い神《ヴィエールノ》の恩寵《おんちょう》を受けられないので、昼の間中、ウオルシュだけは寒さに晒《さら》される。

　この鷹の姿は、理不尽な呪いを不憫《ふびん》に思った神々の娘たちが、せめてもの保護として温かな獣の羽を授けてくれたためだ。

　善《よ》き神である白の神には、オーロラの三姉妹という三人の娘たちがいる。

　彼らは強い力は持たないが、慈悲深く、人間たちによき知恵を授けてくれる。ウオルシュは彼らの配慮のおかげで、呪いを移したあとも、王として政務を続けることができた。

太陽の恩寵は受けられなくなったが、夜を司る黒の神《チェールノ》の恩恵は受けられる。夜の間だけ人間の姿に戻って政務を執り、昼間はこの辺境の城に籠もるのだ。

けれど、平原の国に棲《す》み、王と契約を交わして仕えているオゴーニは、それを気の毒がる。

オゴーニは少しだけ水晶から炎を出して試み、ぶるぶると震えるように引っ込めた。

「やめておけ、呪いの効いている時間は無理だ」

「……そうですけど…でも…」

心配そうなオゴーニに、ウオルシュは視線でピンク色の小鳥を示した。

「今日はこれがあるからいい…」

「…おお、いいですね。鳥族ですか」

「鳥族？」

小鳥かと思ったが、オゴーニはゆらゆらと炎でかぶりを振った。

「おいらも、森から出て久しいのであんまりよくはわからないですけど、そいつは鳥じゃありませんよ。だって〝古き民〟のニオイがしますから」

森の奥深くには、この世界がまだ神々と精霊のものだった頃からの古い種族がいる。

彼らは精霊と共に森に留《とど》まって暮らしており、人の姿にも、動物の姿にもなれるという。

「珍しいことだな。何故《なぜ》森を出てきたのだ？」

「さあ…なんでしょうね…」

ウオルシュは訝《いぶか》しんだが、古き民は争いごとを好まず、森の奥深くで平和に暮らす民たちだ。危険な相手ではないと判断し、オゴーニの暖めた寝具の上で羽を休めた。

「一国の王さまだっていうのに、こんなちっこい鳥族が湯たんぽ代わりだなんて…」

「私は不満はない」

普段は、オゴーニが暖めた寝具だけで眠っている。それに比べれば、今日は充分温かく眠れるだろう。ウオルシュは、気を失ったまま目覚める様子のない小鳥を足元に置いた。

オゴーニが水晶の中で揺れている。

「くそぅ、ディレッタの奴《やつ》があんな呪いさえ願わなかったら……」

「うるさいぞオゴーニ。もう寝る」

炎の精霊は、わかりましたよ…とぶつくさ返事をしながら、主の眠りを妨げないように炎を小さくした。

オゴーニも、水晶の中でうつらうつらと眠るのだ。

ほんのりと暖かい色が、白っぽい石壁や天井に投げかけられ、蔦《つた》模様の透かし飾りが美しい影を生む。

ウオルシュは、胸の下あたりに埋まった小鳥の鼓動と体温を感じていた。

「…？」

ふわふわの羽毛が、ふいにしっとりした子猫の毛並みのように変わっていく。不思議に思って翼を少し上げてみると、小鳥は人間の姿になっていた。

――本当に鳥族だったのか…。

透明感のある桃色の髪、真っ白な肌。

繊細な睫毛《まつげ》が閉じた瞳を縁取っていて、肩も腕も小鳥の時よりは大きくなったが、華奢な少年の身体をしている。

髪よりもほんのり紅《あか》い唇は僅かに開いていて、漏れる呼吸が温かくウオルシュの胸元をくすぐっていく…。

鷹に襲われて、おそらく恐怖で失神したはずなのに、なんともすやすやと眠る少年を見ながら、ウオルシュは心の中で複雑な顔をした。

――のん気な民だな。

これが本当の猛獣だったら、きっと小鳥などひと飲みで食べられてしまうだろう。さっさと気付いて逃げなければ命はないというのに…。

「…ぅーん……」

少年がすり…と頬《ほお》をウオルシュの羽毛に埋めてくる。よく見ると、小鳥よりサイズが大きくなった分、手足がはみ出して寒いのだろう、自分の羽毛に、足を潜り込ませようとして、もぞもぞと寝返りを打っていた。

「――……。」

ウオルシュは顔をしかめる。だが、白く細い手足は、何かで覆わなければ冷えてしまう。羽毛を持つ獣の姿ならともかく、人間では、ちゃんと温めてやらないと、うっかりしたら呪いの影響で凍ってしまうかもしれない。

仕方なく、ウオルシュは少年の手足を覆うように翼の中に抱き込んだ。

――何故、私が……。

自分の身体を温めるために捕まえてきたはずなのに、どうして温める側に回らなければならないのだろう。しかも、捕らえられてきたくせに、小鳥のほうはのびのびと熟睡しているのだ。

「……」

心中《しんちゅう》もやもやするが、抱き込んだ少年の寝息はほんのりと温かく、身体ごと抱えているのは、確かに小鳥の時より大きくて、温《ぬく》めるには最適だった。

不本意だが、いつもよりずっと暖かい。

ウオルシュも、いつの間にか心地よい眠りに落ちていた。

そして、数刻して夜が訪れはじめた。

太陽が雪原に沈み、空が黄金色《きん》に輝く。水晶の城にも夕陽が投げかけられ、城壁が茜色《あかね》に染まった。

ウオルシュは眠りから覚め、胸元でまだすやすや眠っている鳥族の少年を見た。

「……」

夜は呪いの解ける時間だ。寒さから身を守る羽も必要なくなるので、ウオルシュは本来の姿に戻る。

焦茶色の羽は風になびく癖のある長い黒髪に、強い翼は引き締まった腕に、鷹のシルエットは均整の取れた逞しい体躯《たいく》へ。そして鋭い眼光は、思慮深く威厳を備えた王の眼差《まなざ》しへと変わった。

目鼻立ちの整った、彫りの深い気品のある美丈夫なのだが、筋骨隆々とした体格と、眼光に厳しい迫力がありすぎるせいか、少し近寄りがたい雰囲気を持っている。

「今日は城に戻らないんですか？　王さま」

「ああ、地下に行く…」

ウオルシュは腹の上でまだ眠っている、桃色の髪の少年を寝具のほうへずらし、寝台の端に置いてある服を手にした。

首の詰まった生成りのブラウスにくすんだ辛子色の長い上着を革帯で留める、シンプルな服だ。ウオルシュは手早く着替えると、用心のために革帯につけてある剣紐《ひも》に剣を差した。

オゴーニに手短かに命じる。

「帰城はしないと昨晩告げておいたが、念のために報《しら》せの炎を上げておいてくれ」

「かしこまりましたあ！」

オゴーニが嬉《うれ》しそうに水晶の外に飛び出した。ウオルシュが人の姿をしている間は、呪いの影響で凍りつく心配がない。塔の上から思いきり大きな炎を上げるのは、やり甲斐《がい》のある仕事なのだ。

ウオルシュがそのまま地下へ向かうつもりで寝台を下りると、オゴーニが尋ねてくる。

「でも王さま、こいつはどうするんです？」

ふかふかの上掛けの中にいる少年は、まだ起きない。ウオルシュはそっけなく答えた。

「放っておけ。目が覚めたら自分で逃げるだろう」

「えー、逃がすんですか？　せっかくのいい湯たんぽなのに…」

「一日借りただけだ」

「ちぇ、じゃあ明日からもっと、上掛けも下敷もふかふかに暖めなくっちゃ」

「焦がすなよ」

「もちろん！」

ウオルシュは部屋の壁に掛けてある、炎の粉屑が入った水晶を手に、そのまま地下へと向かった。

これは、オゴーニが自分の炎の粉屑を水晶に閉じ込めたものだ。

オゴーニは自分の身体から出る粉のように小さな炎をこまめに水晶にしまい込み、城の壁や階段など、あらゆるところに灯りとして置いておいてくれる。

おかげで、呪いがあるから暖かさは得られないものの、明るさには困らない。

この水晶城は父王が愛妾のために築いたが、基礎となっている建物は、国境の治安を守る守護府だった。造り替えた際、地下の書庫はそのまま手付かずで残されたらしい。

父王は二年前に亡くなった。

芸術や音楽をこよなく愛した王で、文化は隆盛したが、その奢侈《しゃし》は国を傾けた。

平原の国は山を背に、遥か平地の向こうまでを統治する大国として君臨しているが、贅沢《ぜいたく》と度重なる近隣国との戦で消耗した財政を盤石にせねばならない。

安定した国家にするために、何をすべきか…地下

に残された古い書物は、ウオルシュにとって重要な教師だった。

遥か昔の賢政の記録。星を読む魔導士たちの予言。神々の物語…。何故これほどの書物が今まで辺境の城に埋もれていたのかと思うほどだ。

呪いのせいで、昼はこの水晶城に籠もらざるを得なくなったのだが、そのおかげでこの書庫に出会えたことは幸運だと感じている。

地下は、両脇の壁が全て書棚だ。床はあずき色と金のタイルで円状の模様が描かれていて、ここにも、オゴーニの粉屑を閉じ込めた水晶の塊が床のあちこちに置かれている。

書庫は、壁にいくつか梯子《はしご》がかけてある。

ウオルシュは前に手をつけていた書棚から、続きの書物を取り、灯りを片手に書台へと持っていった。

夜が明けて、また鷹の姿になってしまうまでに、一冊でも多くの書物を読んでしまいたい。ウオルシュは革椅子《いす》に腰かけ、本の世界に入り込んだ。

そして、いつしか身体を温めてくれた小鳥のことは思考から消えてしまった。

◆◆◆

「…ん」

エナガは真っ白な手で甘い金色の目を擦《こす》った。目が覚めたら、見たこともない場所にいたのだ。

蠟燭のような灯りが床から壁を照らしていて、ぼんやりと、丸くて広い場所にいるのだとわかる。

「お？　ようやっと目が覚めたか？」

声に振り向くと、水晶の中で、炎の精霊が揺らめいていた。

――あれ？　ぼく、どうしたんだっけ？

確か、皆の朝ごはんを探しに出かけたのだ。運よく美味《おい》しそうな赤い実を見つけたのに、空から急に…。

「…ひゃぁ――――」

エナガは両手で頬を覆った。思い出すだけでちびってしまいそうだ。

――そうだった。鷹が襲ってきたんだった。

「…あれ？　でも、生きてる？」

「何ひとりで騒いでるんだ？」

エナガは掛け布の上で、ぺたんと座り込んだまま炎の精霊を見た。

「きみも、食べられちゃったの？」

「は？」

エナガは両手を布団に突きながら、寝台の脇にいる精霊ににじり寄る。この恐怖について、語らずにはいられない。

「ぼく、鷹に襲われたんです」

「そうだろうな」

「もしかして、ここは鷹のお腹《なか》の中ですかね」

炎の精霊の気配が怪訝《けげん》な感じになっている。けれど、ほかに推測のしようがないのだ。

「だって、絶対食べられたと思うんですよ。死ぬかと思うほど怖かったんですけど、死んでないならまだ生きてるような気もするし…だから、食べられちゃってお腹の中なのかなって」

「……生きとるわい。どこの世界にこんな豪華な胃袋がある」

「え？」

「生ーきーてーる！　ここは水晶城、お前が座り込んでるのは王さまの寝台！　頭《ず》が高いんだぞ！」

「え？」

「湯たんぽのくせに、いつまでもグーグー寝おってからに。だいたい…そうだ、おい鳥族のちび助。お前、名はなんという」

なんだかわからないが、エナガは慌てて謝った。

「ごめんなさい。えと…森の民《レス》の鳥族で、エナガといいます」

「エナガ、ふーむ」

「……それで、あの……ぼく、何がどうなったんでしょう？」

鷹に食べられたのでないのなら、何が起きたのだろうか。

「お前は、我がご主人様であるウオルシュ陛下に、畏れ多くも湯たんぽの役をいただいたのだ」

「はあ…湯たんぽ……」

「光栄に思えよ」

精霊は大威張りなのだが、いまいち何のことだかわからない。

「それで、あの…炎さん」

「オゴーニだ。オゴーニさん、でもいいぞ」

「ではオゴーニさん、あの、ぼくはどうなっちゃうのでしょう？」

魔法にかけられて、湯たんぽの姿に変えられてしまうのだろうか。湯たんぽは見たことがないので、想像しかできないのだが、きっと湯の何かなのだろう。

オゴーニが水晶の中で蠟燭のように揺らめいているように、ウオルシュ陛下とやらの命令で、湯たんぽの形の下僕にされてしまうのかもしれない。

――でも、そうすると困っちゃうな。皆のごはんを探しにいけなくなっちゃう……。

湯たんぽに手足はあるのだろうか…。エナガがそう真剣に考えた時、オゴーニが咳払《せきばら》いをして言った。

「お前はお役放免だ」

「え？」

「どこへなりと、好きに逃げてよいとご主人様が寛大にもお命じだ」

「？？？」

きょとんとしていると、オゴーニはじれったそうに水晶ごとごとんと動いて、透かし彫りの窓枠をグイッと押した。

「帰ってよし、だと言ってるんだよ！　ほれ、行った行った！　おいらは忙しいんだよ。お城に合図を送らなくちゃいけないんだから！」

「は、はい！」

エナガは炎の精霊に追い立てられて、慌ててピンク色の小鳥の姿に戻った。

——わあ、もう真っ暗…。

朝ごはんを探しに出かけたのに、紺色の空には星が瞬《またた》いている。

「ひゃー、寒い……」

雪は、月明かりにきらきらと氷の粒を反射させている。エナガはぱたぱたと桃色の翼で飛翔《ひしょう》した。

——森は、どっちだろう。

見知らぬ場所で方向がわからない。迷って旋回していると、城のほうから声がした。

「おーい、ちび助。森はあっちだ。明るくするから、ちゃんと見ておけよ！」

「あ、オゴーニさん」

城を取り囲む、玉ねぎのような丸い屋根の塔から炎が見えた。オゴーニは丸屋根のてっぺんまでぴょんぴょん登ると、勢いよく火柱を上げる。

「おいらの炎は、何百里先からだって見えるのさああ！　うほほーい！」

ごおお…と闇夜を照らす篝火《かがりび》のように、オゴーニの炎はあたりを照らした。得意気に燃え上がっている精霊のおかげで、遥か先に黒々と横たわる森の姿が見える。

「あ、見えた！　ありがとう、オゴーニさん」

「おう、気を付けて帰れよ！」

「はーい！」

エナガはぱたぱたと翼を振ってオゴーニに挨拶《あいさつ》をした。オゴーニは口は悪いけれど、いい精霊だと思う。

――それに、死ぬかと思ったけど、なんだか無事に生きてたし…。

「でも、あのベリーはどこに落としちゃったかな…」

あれだけは惜しいと思う。すごくたくさんあったのに…。

「みんな、心配してるかな」

エナガは寝静まった森の上を恐る恐る飛び、どうにか一族の棲む場所へと戻っていった。


森は、精霊の棲む場所だ。人間は精霊の許しを得て入ってくる。勝手に入れば、人間を嫌う精霊に惑わされて道に迷ったり、死んだりしてしまう。

〝古い民〟は、人間が森を出ていった時、精霊と共に森に残った者たちだった。

森と共に生き、森に暮らす獣たちを魂の兄弟とし、それぞれの兄弟たちと同じ姿を取ることができる。エナガは鳥の魂を持つ一族で、鳥と言葉を交わし、鳥の姿にもなれる。

この古き民は皆、生まれる時は種族の魂である獣と同じ姿をしていた。卵で生まれて雛《ひな》として孵《かえ》り、やがて人の言葉と鳥の言葉を両方操るのだ。

ふたつの姿を持つため、かつては神の使いとして、人語を操り、森を出た人間たちに神の言葉を伝える役目を担っていたこともある。

だが森を出た人間たちは神殿を作り、古い民が神の声を伝えることはもうない。古き民もまた、獣の姿になるより、人間の姿で生活することが多くなった。

今でも気ままに人と獣の姿を行ったり来たりするのは、鳥族くらいだ。熊族や狼《おおかみ》族のほとんどが人間の姿をして暮らしているのに、鳥族だけは鳥の姿を頻繁に取る。

エナガが風の匂いを頼りに、夜の樹々《きぎ》の上を飛んでいると、やがてぽっかりと丸い広場になった場所が現れた。

円の真ん中に薪《たきぎ》が置かれ、上を見上げていた白銀の髪の仲間が、エナガを見つけて長く半透明な白い布を振った。

「エナガだ！」

「いたぞ！」

「エナガ！　こっちだ！」

「ロニ！　フィリ！　レニ！」

パタタ…と降下すると、長身のロニが両手を差し出し、受け止めてくれる。エナガは小鳥の姿でロニの手のひらに下りてから、人間の姿に戻った。布を振っていたフィリがふわりと身体に布をかけてくれる。

「心配したよ、エナガ。どこに行っていたんだ」

「無理に飛んでいかなくていいんだと、あれほど言ったのに…」

「ごめんね。帰ってくるのが遅くなっちゃって」

年上の仲間たちは、怪我はなかったか、風邪を引いていないかと心配してくれる。

お母さんのように優しいフィリが、上着をすぽんと着せて胸元の紐を結んでくれながら、心配そうに眉根を寄せた。

「エナガ、まさか森の外まで飛んだんじゃないだろうね？」

「え…あ、うん」

腰丈までの上着に木綿の筒履き、くるぶしまでの編みブーツを履かせてもらう。上着は襟や袖、腰のあたりに刺繍《ししゅう》が施されていて、裾が少しひらひらしているのがエナガのお気に入りだ。

端正な顔立ちのロニが、顔をしかめてエナガの額に額をつけた。

「お前が食料探しなんてすることはないんだと、何度も言っただろう？　冬毛にならないお前は、雪の中では目立つんだ」

「うん」

鳥族は、夏の間はそれぞれカラフルな羽の色をしているけれど、冬になると白銀の羽に生え変わる。

人間の姿でいる時も、白銀の髪と、銀の瞳を持った美しい種族だ。

けれど、エナガだけは一年中桃色の羽をしていた。甘い金色の瞳とふわふわのピンクの羽。一族は、この特異な姿のエナガをこよなく可愛《かわい》がる。

鳥族の中では、珍しく好戦的なロニも、切れ長の目を和ませてエナガの髪をくしゃくしゃと撫《な》でた。

「大丈夫だ。お前がお腹いっぱい食べられるくらい、俺たちが木の実を探してくる」

「ぼくも探すよ」

「お前は女たちとお留守番をしておいで」

「だって、雪の中を歩くのは大変だよ」

少し事情があって、今、鳥族の中で鳥の姿になれるのはエナガだけなのだ。歩いていける範囲はもうすでに木の実を取り尽くしてしまったから、春まで待たなければならない。

飛べる自分が探しにいく…そう主張してみたが、フィリたちは駄目だと諭した。

「そんな目立つ羽で飛んだら、あっという間に鷹や獣の餌食《えじき》になってしまうよ。彼らも、冬の間は食料がなくてお腹を空《す》かせているんだから」

「…うん」

あの鷹も、本当はお腹を空かせていたのだろうか…。鷹と聞いて、エナガはつい自分を襲った猛禽を思い出した。

――ウオルシュナントカ…という人が、湯たんぽにしようとしたから、鷹も、ぼくのことは食べられなかったのかな…。

オゴーニが王さまと言っていたから、ウオルシュはきっと人間なのだろうと思う。あの鷹も、オゴーニのように王に仕えているのかもしれない。

「エナガ？　聞いてる？」

「あ、うん。森の外に出ちゃ、だめ」

「それだけじゃないよ。食料を探しに行くのもダメ」

「うーん」

「そうでなくても、戻ってこない者もいるんだから」

事故にあったのか、帰れなくなったのか、探しても見つからなかった仲間もいる。

もしかしたら、ひょっこり戻ってくるかもしれないけれど、もう数か月姿を見ていないのだ。

「今度抜け出したら、お尻をペンペンするよ」

「わあ」

フィリがからかって、エナガは笑いながら逃げた。薪を焚《た》いて捜索してくれていた大人たちも、皆〝エナガが見つかってよかった〟と、安心して、眠る準備に戻りはじめる。

一族は、丸ごと全員でひと家族のようなものだ。誰がどの卵の親だったかはわかるのだが、孵った雛は一族全員で可愛がって育てる。そして、生まれた時の卵の殻はとても大事なもので、そのまま一生自分の棲み処《か》となった。

広場をぐるりと取り囲む樹々の枝には、ちょうど卵を安定して置けるような枝分かれをしているところに、卵の殻の下半分が挟まっている。

上半分はてっぺんに小さな穴を開けて、蔦を使って上の枝から吊《つ》るしてある。卵は、鳥族の羽の色の全てが混じっていると言われるカラフルなマーブル模様で、タンポポ色、薔薇《ばら》色、わすれな草色、マリーゴールド色、チューリップ色に、りんごの花色、葡萄《ぶどう》色、蜜柑《みかん》色、エナガのような桃色もある。

殻は、大人になっても充分入れるほど大きく、上の穴から伸びる蔦が、殻の内側も外側も上手に繫《つな》ぎ合わせて繁殖してくれる。丈夫で軽く、雨風も寒さも全部防いでくれる、快適な住まいだ。

エナガも、探してくれていた仲間たちにお礼を言って、自分の卵の枝へと戻った。出入り口だけ、まだ殻が若いうちに嘴でつついて広げてあるので、蔦をめくると簡単に入れる。

「んー、いい匂い」

蔦も、冬には枯れてしまう。けれど、かさかさの枯葉の布団は暖かく、丸くなって眠るにはちょうどよい。夏は瑞々《みずみず》しい葉が熱さをしのいでくれるので、天然のひんやりした感触を楽しめた。

卵の殻は、厚みもあって丈夫なのに、ほんの少しの光も通してくれる。月明かりと星々の瞬き程度で、殻の内側は枯葉が見えるほど明るい。

――不思議な一日だったなあ。

森の外まで飛んで、疲れたはずなのにまったく眠くない。エナガも、それはあの城で眠っていたせいだとわかる。

城の外はあんなに雪がいっぱいで寒かったのに、眠っていた間は、とても温かかった気がする。このかさかさの葉っぱも大好きなのだが、なんとなく、それよりずっといい気持ちだったような記憶なのだ。

——そういえば、湯たんぽってなんだろう？

ロニに聞けばよかった、と思う。けれど、それを話すと森の外に出て、鷹に捕まったことも話さなければならない。

——そんなこと白状したら、大目玉を喰《く》らっちゃう。

今後、絶対飛んでは駄目だと言われるだろう。お仕置きとして刺繍を習わされてしまうかもしれない。エナガはうーん、と小さな眉間に皺《しわ》を寄せて、内緒にすることにした。

今は、唯一飛べる鳥族として、自分も食料調達をしなければいけないと思っている。外出不許可になるのは避けたいのだ。

——みんなも、お腹が空いているはずだ。

毎日、少しずつ備蓄の食料を分配している。春まではなんとかなると言っているけれど、配られる量は、いつもの年の半分くらいだ。

おかげで、エナガのお腹はいつもキューキューと鳴っている。

自分がこんなに空腹なのだから、大人の仲間はもっと大変だろう。大人たちは、育ち盛りのエナガたちを優先して、木の実も多めに配ってくれているから。

「……どうして、飛べなくなっちゃったのかなあ」

異変は、秋に差し掛かる頃に起きた。夏毛から冬毛に生え変わる時に、何故か全員鳥の姿にはなれなくなっていたのだ。飛べたのは、毛が生え変わらないエナガだけだった。

秋は、冬に備えて木の実を探しに飛ぶ大事な時期だ。飛べなくなってしまった仲間たちは、大慌てで森を歩き、木の実を拾って集めたが、飛ぶことができないので枝の上のほうにある実を獲《と》ることができなかった。地面に落ちた胡桃《くるみ》や果実は、リスや熊たちにさっさと持っていかれてしまう。結局、いつもの半分も蓄えられないうちに、雪が降りはじめてしまった。

飛べないのは病気だろうか…。一族で薬草に詳しい者が一生懸命、煎じ薬を作っているが、今のところ効果はない。白の神にも黒の神にもお供えものを持って何の病か尋ねてみたが、病ではないと言われてしまった。

このまま、ずっと飛べなくなってしまったらどうしようという心配もあるのだが、差し迫った問題は、この冬を乗り切ることだ。一族の男たちは全員、陽が昇ると雪の森を進んで、僅かな食料を探しに出ている。

だから、エナガも食料を探しにいったのだ。

自分だけが飛べるのだから、皆と同じ森の中を探すのではなく、森の外を探してみようと思った。そうしたら、案の定、手付かずのチェッカーベリーを発見した。

きっと、キツネやヤマボウシも、森のきわにあるあの実には気付かなかったのに違いない。エナガは、フィリたちに止められているけれど、やっぱり明日、もう一度あのベリーのある場所に行ってみようと思った。なにせ飛べない彼らでは行けない場所なのだから。

たわわに実ったあの赤い実を、まず丁寧に雪の中に埋めて隠してしまおう。そしてちょっとずつ咥えて運べば、皆の美味しい食事になる。

――みんな、喜ぶだろうなあ。

真っ赤に熟れたベリーは、本当に甘くていい匂いがした。まだ食べていないけれど、きっと美味しいに違いない。そう思うと空きっ腹も、少し紛れてくれる。

――今日もいい一日だった。

エナガは、籠に山盛りになったチェッカーベリーの夢を見て、眠りに落ちた。

翌朝、エナガはロニたちが食料を探しに出かけたあと、こっそり鳥に姿を変えて森を飛び出した。女たちは刺繍をしたり、水を汲《く》みに行っているので、きっと誰も気付かなかったと思う。

広大な森は山脈の裾野に広がっている。森が切れるとどこまでも平らな地が続いていて、そこは「平原の国」と呼ばれ、人間が住んでいる。エナガは森の終わり、人里まではまだ距離がある場所まで飛んで、昨日のチェッカーベリーを見つけた。

「あった！」

雪の上に、真っ赤なベリーが半分埋まっている。エナガはパタパタと雪面に下り、ベリーの枝を摘んでせっせと雪の中に埋めた。

こうして隠しておけば、誰にも見つからないだろう。咥えて飛べるだけのひと房を仲間たちのところに持っていこうとして、エナガはふと顔を上げた。

雪原をぐるりと見渡すと、少し先に水晶の城が見える。

白壁には水晶の装飾がしてあって、金色の丸屋根を持った塔がいくつもそびえていた。綺麗《きれい》なお城だと思うのだが、城の周囲は雪原が広がるだけで、城下町も農家も見当たらない。

なんだか、ぽつんとして寂しそうだ。

――あの鷹さんは、お腹空いてないかな。

王の命令で捕まえただけで、きっとあの鷹は悪いひとではないと思うのだ。

――だって、ぼくのことは食べなかったんだし。

食べなかったということは、食事が取れなくて、お腹が空いているのではないかと心配してしまう。

自分が空腹だからか、余計に鷹のことが気になった。

ここにあるのだから、鷹はベリーを取ってはいかなかったのだろう。エナガは考えた末、ひと粒だけお裾分けすることにした。

仲間のところには、ひと房ある。数はそう多くはないけれど、充分皆で分けられるだろう。そう思ってベリーの枝を咥えて城へと飛ぶ。

――どのあたりだっけな…。

金と水晶の装飾が施された、縦長の窓がいくつもある。エナガはベリーを咥えたままぐるりと城に沿って飛び、上のほうの窓のひとつに、オゴーニの炎を見つけた。

部屋は薄暗くてよく見えないけれど、ほかの窓より大きくて、部屋全体が半円形の塔のように張り出している。

――あ、ここかな？

窓枠は鉄でできた蔦格子で、白と金で華奢な塗装が施されている。エナガはちょうど窓の桟になっている石壁にちょこんと下りた。

――どっこいしょ。

ずっしりしたベリーの実を置いて顔を上げ、エナガはビクッと硬直した。

「わっ……」

蔦格子越しに部屋の中が見える。寝台に巨大な鷹がいた。暗くて気付かなかったけれど、よく見たら想像していたよりもずっと大きな鷹だ。

うっかり忘れていた恐怖が甦《よみがえ》る。

荒々しい茶色の翼。大きくて先が尖《とが》った嘴。蹲《うずくま》っているから見えないけれど、鉤爪はきっとエナガなどひと摑みできてしまうだろう。そして、エナガの気配に気付いた鷹は、鋭い眼を開いた。

――きゃ――――。

金色のつぶらな瞳は極限までまん丸になって、ピンク色の羽が総毛立つ。エナガは足を竦《すく》ませた。

猛禽の双眸《そうぼう》はじっと窓越しにエナガを見ている。首をもたげた鷹が、すい、と動いた。

――来る、来る！　こっちに来る！

鷹の眼光に射すくめられたように動けない。

「おい、ちび助、何しにきた！」

ごとん、と音がして、オゴーニが窓格子を開いた瞬間、エナガは避けることもできず、格子がおでこにぶつかった。情けない鳴き声を上げ、真後ろにひっくり返っていく。

――食べられちゃう――――っ！

「ピ――――」

鷹がはっとしたように動くのが見えたが、エナガは固まったまま、真っ逆さまに雪の中へと落ちていった。


「食べられ……っ……」

エナガはがばっと跳ね起きた。早く逃げないと、鷹にひと飲みにされてしまう…。だが、起きた場所は雪の上ではなく、なにやらもふもふした暖かい感触の中だ。

ふわふわした白い胸毛に両手が埋まっている。

「…あれ？」

「……」

顔を上げると、鷹の鋭い瞳と目が合って顔が引き攣《つ》った。

――ひ――――。

怖い。

「ピ―――ッ」

エナガは猛ダッシュで窓に向かって飛んだ。

窓は開け放たれていて、雪原には青空が広がっている。エナガは後ろを振り向かずに森へと飛んだ。

城が見えなくなるほど遠くまで飛んでから、ようやく胸を撫で下ろす。

「助かったあ…」

――あれ？　でも……。

確か、窓の桟にいて墜落したはずだ。

――なんで、部屋の中にいたのかなあ。

「……」

食べられなくてよかったと思ったけれど、本当は食べるどころか、助けてくれたのではないかと思いはじめる。

そう考えると、窓から転げ落ちたのに、助けてもらったお礼も言わずに逃げたのは、失礼だったかもしれない。

――悪いことしちゃったかも…。

「明日、もう一度お礼を持っていこうかな…」

まだベリーはたくさんある。明日、仲間の分を取りにいく時に、またあの城に寄ろう、とエナガは思った。

◆◆◆

一目散に部屋を飛び出す小鳥に、オゴーニが水晶の中からプンプン怒っている。

「おい待て！　湯たんぽ！」

「放っておけ」

「でも……ったく、なんて失礼な奴なんだ」

何故わざわざ現れたのかは知らないが、あれならもう来ないだろう。ウオルシュは王城に戻るために起き上がり、エナガが出ていった窓枠に太い鉤爪を下ろした。少し早いが、今からゆっくり飛べば、陽が暮れて人の姿に戻る前に城に着く。

――……？

足元に、小さな赤い実がある。昨日、あの小鳥が咥えていたものと同じだから、きっと彼が持っていたのだろう。

ウオルシュはちらりと見たが、それ以上何も気に留めることはなく、冷たい空気を裂きながら冬空へと飛翔した。

王城では、大臣たちが夜の政務を待っている。不安にさせないために、王が呪いを受けていることは民には秘密だ。

姿を現さない王として、昼間は大臣や役人たちがウオルシュの指示に従って動いている。そして夜に、大事な会議や謁見を行うのだ。

そんな日々は、もう一年近く続いている。しかしウオルシュはそれを淡々と受け入れていた。

呪いは生涯解けることはない。背負ったまま、国を治めていくしかないと覚悟を決めている。

――それよりも、早く父上の代で傾いた国政を元に戻さなければ…。

今のところ、戦を仕掛けてきた国は平定し、平原一帯は我が国が治めているが、河を挟んだ対岸には小さな氏族国が林立しているし、背後の騎馬民族も油断はならない。

やるべきことはたくさんある。ウオルシュは厳しい眼を向けたまま、一直線に王城へと飛んだ。

翌日のことだ。ウオルシュは水晶の城で眼を閉じている時、窓の外の気配に気付いた。

そっと薄目を開けて見ると、ちまっとした丸いシルエットが小首をかしげて中の様子を窺《うかが》っている。

あの小鳥だ。

――懲りない奴だな…。

右に左にと頭を傾けて、嘴に咥えた赤い実をどうにか格子窓の間から部屋に入れられないかと格闘しているようだ。

いったい、何がしたいのだろう。あれだけビビり上がっていたのだから、来なければいいだろうに…そう思うが、ベリーの小枝を咥えて四苦八苦している様子は少し気になる。

しかし、眼を開けたらまた驚かれるだけだ。ウオルシュは薄目で眠ったふりをして、小鳥が窓格子をくぐり抜けてくるのを観察した。

パタパタと羽音がして、枕元に真っ赤なベリーの実が置かれる。ウオルシュはその瞬間に眼を開けて鷹の姿のまま身を起こした。小鳥はビクッと毛を逆立てて固まっている。

「ピ…ッ！」

ほんのりと美味しそうな桃色の羽毛が、まるで弾《はじ》けた栗《くり》のいがみたいに逆立ってまん丸になっている。ぱちくりと開かれたつぶらな金色の瞳は怯《おび》えているのに何故か滑稽《こっけい》で、人間の姿をしたエナガが脳裏に甦った。

「……」

ウオルシュは加減をしながら、つい鉤爪でエナガを翼ごと掴んだ。

――ほう、さすがに気絶はしなかったか。

特に深い理由があったわけではない。ただ摑んだ鉤爪の下のやわらかな毛は、温かかった数日前の眠りを思い出させた。

ピィピィと鳴く声は必死そうだが、来れば捕まるとわかっていてのこのこ訪れるほうが悪いのだ。

今日はこちらが無理やり攫《さら》ってきたわけではない。もう一度この小鳥で足元を温めても、悪いことはあるまい…。ウオルシュはそう思って、小鳥をもう一度あんか代わりに使うことにした。

「ピーッ」

小鳥は足元でバタついている。だがウオルシュは爪で摑んだまま、羽で覆って眼を閉じる。この間と同じで、小鳥の高い体温は足元に置くとぬくぬくと心地よい。

別に、取って食おうというわけではないし、ほんの数刻、寒さをしのぐのに使わせてもらうだけだ。

騒がれても、鉤爪で摑んでいれば逃げられない。ウオルシュは悠然と羽を休めて眼を閉じた。

足元の羽音はしばらくすると収まり、やがて静かになった。

――……諦めたか？

パニックを起こして逆立てていた羽毛も、ふんわりやわらかく戻っている。せわしなかった小さな鼓動もトクトクと落ち着いてきて、やがて安心したようにゆっくりと穏やかになった。

縮こまっていた丸い身体から力が抜けていくのがわかる。そのうち、規則正しくゆるやかな寝息がウオルシュの足元をくすぐりはじめ、どうやら小鳥は眠ってしまったのだとわかった。

「……」

ウオルシュは呆《あき》れた。本当にのんき気な小鳥だ。いくら前回危害を加えられなかったからといって、猛禽類に捕まったまま、こんな簡単に熟睡できるものなのだろうか。

だが、足元の小さな丸い温もりはどんどん身体を預けてくる。その小さな重さと体温に、ウオルシュもいつの間にかまどろみに引き込まれた。

まるで春の日だまりのような温かさだ。ウオルシュは呪いを受けてからずっと味わえなかった穏やかな眠りに、ゆったりと身体の力を抜いた。

ふわふわの毛並みが、やがてゆっくり鉤爪を押し上げていく。ウオルシュは半分眠りに落ちながら、その感触に爪の力を緩めた。

きっと、この小鳥はまた人間の姿に戻ったのだろう。羽毛の感触も心地よいが、人肌が覆う温かさは格別だ。ウオルシュはエナガの手足が凍える空気に晒されてしまわないように、鷹の羽を広げて覆い、深い眠りに落ちた。

夕刻、ウオルシュは人の姿に戻ったが、胸元の少年がくぅくぅと眠っているので、しばらくそのまま眺めていた。

今夜は城に戻らなくてもよい。さっさと地下の書庫に行ってもよいのだが、この小鳥が目覚めるのを待つくらいのゆとりはある。

――確か、エナガと言ったか…。

オゴーニがそう聞き出していた。

襟元まであるやわらかく細い桃色の髪。小さな唇と白い肌。まだ少年らしさが抜けない、骨細の輪郭。自分とは真逆の華奢な身体をしている。

やがてエナガはもぞもぞと寝返りを打つと、うーんと伸びをし、あくびと共に目を開けた。

「ふぁ……あ。あ？」

「…」

ぱちくりと金色の瞳が瞬く。また叫び出されるかと一瞬構えたが、エナガはぱあっと顔を赤らめた。

「……？」

白い頬が髪と同じ桃色に上気して、淡い金色の瞳を見開いたまま、ウオルシュを見つめている。ほんのり赤い唇は、呆《ほう》けたように開きかけたままだ。

——なんだ？

驚いたり頬を染めたり、本当にクルクルとよく動く表情だ。

——まあ、気絶されるよりはマシか。

次はどういう表情に変わるのだろう…と興味深く見ていると、エナガは小首をかしげて問いかけてきた。

「あの…あなたはどちらさまですか？」

どうやら、事情はわかっていないらしい。部屋にいたオゴーニが横から口を挟んできた。

「畏れ多いぞ、ちび助！　このお方こそ、ウオルシュ陛下であらせられる」

「ああ、あの〝湯たんぽの王さま〟？」

エナガが、能天気な顔で火に油を注ぐような台詞《せりふ》を吐き、オゴーニをさらに怒らせた。

「バッカモーン！　湯たんぽはお前だっ!!」

「わあっ」

「やめろオゴーニ。羽が焼ける」

とっさに手で庇《かば》ってやると、エナガはぴょんと小鳥の姿に戻ってぱたた…とウオルシュの肩に留まる。

オゴーニも本気で燃やす気はないのだろう。炎は美しくきらめいたが、相手を焼くものではなかった。

小鳥のエナガはつぶらな瞳をぱちくりさせている。

「お前は何故、わざわざここに来たのだ」

「…鷹さんに、昨日のお詫《わ》びをしようと思って」

――ほう、言葉を交わせるのか…。

古き民は、さすがに精霊と暮らしているだけあって、どんな姿でも意思を伝えることができるようだ。

「あれも私だ。昼間は鷹の姿をしている」

ウオルシュは自分の秘密を教えた。

「呪いのせいで、陽の光があっても私には届かない。だから私の周囲だけは氷のように冷たいのだ」

一時の暖を取るためにお前を捕まえたのだと説明すると、何故かエナガは心配そうな顔をした。

つぶらな瞳で見つめられると、少し心が緩む。ウオルシュは覇気のある瞳を僅かに和ませた。

「お前のおかげで温かく眠れた。最初に捕らえたことは許せ」

「王さま…」

ウオルシュはエナガを帰すために、肩に乗せたまま窓を開けた。外はすっかり夜の帳《とばり》が下り、紺色の空に銀色の星々が輝いている。

行け…と、そっと肩に留まっている鳥を押し出す。エナガは逡巡《しゅんじゅん》するように幾度か小首をかしげ、そして夜空へと羽ばたいていった。

オゴーニは無礼者め、とまだブツブツ小言の火花を散らしている。ウオルシュは月明かりに消えていく小さな後ろ姿を見送ると、何事もなかったかのように上着を羽織った。

「こちらの都合で勝手に暖を取ったのだ、とやかく言うな」

「でも、王さまに対して、あいつは本当に失礼ですよ」

まだ不満そうなオゴーニを宥《なだ》め、ウオルシュは地下へと向かった。

深く眠れたせいか、頭も身体もすっきりしている。

今宵《こよい》は調べものも効率よく進むだろう。夜が明けるまで、たっぷり書類や本を読む時間が取れる。

少し変わった鳥族だったが、そもそも森に棲む一族のことはあまりよく知らない。ともかくも、エナガのおかげでよく眠れたことは確かだ。

ウオルシュは、黙々と書物を読みはじめた。

◆◆◆

「エナガ…エナガったら」

声をかけられたのに気付かず、ぽけーっと頰杖《ほおづえ》をついて空を眺めていたら、フィリがゆさゆさと枝を摑んで揺らした。

「あ、わ…っ」

慌てて飛び下りると、フィリが腰に手を当てて見下ろしてくる。

「もう…エナガったらどうしたんだ？」

「え…あ」

「雪かきも手伝わないし、ふいにいなくなったり、いると思ったらぼーっとしてるし…」

「うん……ごめん」

卵の家々が囲んでいるこの広場は、皆の大切な共有空間だ。放っておくと雪で埋まってしまうので、雪かきは日課だった。

森はもう胸あたりまで雪で埋まってしまって、普通には歩けない状態だ。だから熊やリスたちは冬眠している。寒い冬の森は、とても静かだ。

けれど今は、それさえもウオルシュを連想させてしまう。

――あのお城も、とっても静かで冷たかった…。

「エナガ、本当にどうしたの？」

「あ、ううん…なんでもないんだ」

エナガは心配そうなフィリに笑ってごまかした。鷹の姿をした王さまのことが心配だなんて、全然説明できそうにない。けれど、気を抜くといつまでもウオルシュのことを考えてしまう。

——びっくりしたなあ。

起きたら、目の前にいたのが屈強な戦士のようなウオルシュだったのだ。しかも、あの鷹とウオルシュは同一人物だという。

ウオルシュは、鷹でいる時と同じように眼光鋭く強そうだったけれど、静かで凛々《りり》しい感じは、さすが王さまだと思う。

ちょっと怖いけれど思慮深そうな暗褐色の瞳。彫りの深い、目鼻立ちの整った顔。豊かな黒髪は胸元ぐらいまでの長さで波打っている。ウオルシュはそれを無造作に片手でまとめていたが、エナガには羨ましいくらい恰好《かっこう》良く見えた。

——ロニやフィリたちよりも、ずっと強そう。引き締まった肢体は、腕も胸も無駄のない筋肉のつき方で、鷹として羽ばたく時の力強さを窺わせる。思わず見惚《みと》れてしまったが、ウオルシュは白の神の恩恵を受けられないという受難を抱えているのだ。

——昼間は寒くて大変なんだろうな。

そう言われて思い返してみると、あの城の中は、まるで氷室のように寒かった。オゴーニが水晶から出てくると、そこだけ暖かくなるけれど、それ以外はすごくひんやりしていた。

——なんだか、かわいそう……。

鷹の姿でいなければいけないのも、寒さに晒される暮らしも、きっと大変だろうと思う。エナガはあれから何度も考え、ついに、もう一度あの城を訪ねてみようと決めた。

鷹の姿でいるのは昼間だという。昼なら、自分がいなくても仲間は心配しない。夜までに帰ってくれば大丈夫だ。

――夜はオゴーニさんがいるから、きっと大丈夫。

昼間は自分がウオルシュを温め、夜はオゴーニの炎が部屋を暖めればよいだろう。オゴーニが言ったように〝湯たんぽ〟になればよいのだ。

「…うん」

そう決めると、エナガはひとりで頷《うなず》き、まだ心配しているフィリに適当な言い訳を作って離れた。

水晶の城までは、二刻ほど飛ぶ。エナガは探しておいたベリーの実を咥えて城に向かった。森に戻る時に仲間に渡したいのもあるけれど、ウオルシュにもあげようと思ったのだ。

――人間だから、これっぽっちだと足りないだろうけど…。

けれど、あの城はオゴーニ以外、誰の気配もしない。ウオルシュがどうやって暮らしているのかはわからないけれど、もしお腹が空いているようなら、この実をあげようと思う。

何しろ真っ赤に熟れて甘酸っぱい。こんな美味しい実なら、きっと喜んでくれるだろう。

途中までは、けっこう意気揚々と向かっていたのだが、いざ城が見え、ウオルシュのいる部屋が近づいてくると、エナガは急にドキドキしてしまった。

――なんて言おうかな。

また、オゴーニは『無礼者!』とか言って怒るだろうか。ウオルシュが鷹の姿で睨《にら》んできたらどうしよう…。

――うーん。でも…気になる。

「えい、行っちゃえ!」

昨夜降った雪が石壁の窓際に積もっている。エナガはサクッと雪に足跡をつけながら下りた。小さな嘴で窓格子をつついて声をかけてみる。

「こんにちはー」

「あ、何だお前、また来たのか」

オゴーニが気付いて、水晶の中で揺らめいた。エナガは手を振ろうとして、うっかり人間の姿に戻ってしまった。

「あ…わ……」

「！」

鉄でできた窓格子を摑むが、足が雪で滑って落下する。けれど鈍く音を立てて開いた窓格子から鷹の姿が見えて、みるみるうちに垂直にエナガを追いかけ、雪原に落ち切る前に鉤爪で拾い上げてくれた。

「わあ、すみません」

鷹は答えない。けれどそのまま部屋まで戻ってくれた。

ふんわりと暖められた寝具の上に下ろしてもらうと、オゴーニが水晶の中で呆れた声を上げる。

「まったく…毎日毎日、お前はなんで王さまのご就寝を邪魔するんだ」

「…ごめんなさい」

叱られて、エナガは座り込んだまましゅんとした。

「…で、用事はなんだ？」

ウオルシュの問いかけに、エナガはちらりと大きな鷹のほうを向く。

「あの……〝湯たんぽ〟になろうかと思って」

「……」

「だって、王さま、寒いでしょう？」

「なるほどそれは感心な心掛けだ。ちび助、お前はなかなか見どころがあるぞ」

オゴーニは小さな火でゆらゆらと喜んでいる。どうやら、水晶の中では大暴れはできないらしい。けれどウオルシュはあまり嬉しそうではなかった。

「…あの…王さま?」

――――嫌なのかな?

けれど、二回も湯たんぽ代わりにしたではないか…。黙っているウオルシュの考えが読めなくて小首をかしげていると、鷹の姿のまま、ウオルシュが低く問いかけてきた。

「何故そんなことをする。森の民のお前には、無関係なことだろう」

「でも…」

――――王さまが寒そうだし。

ウオルシュは、自分が湯たんぽになった時、温かったと言った。今になるとあの言葉にドキドキする。自分の身体で心地よく眠ってもらえるのなら、ぜひそうしたい。

――――だって…。

「ぼくも、この間はすごくあったかくて気持ちよかったし……」

捕まえられた時はどうなるのかと驚いたけれど、すぐ〝食べたりはしない〟のだと思えた。

身体を傷つけないように、そっと握られた鉤爪。静かな気配…羽の下で何も見えなかったけれど、捕まっているのに何故か守られたかのような安心感で、そのうち暖かさにウトウトしてしまい、気付いたらウオルシュの翼の中で爆睡していたのだ。

「もし、お嫌じゃなかったら、ぜひ〝湯たんぽ〟にどうぞ」

「……」

にこにこと笑いかけると、鷹はしばらく考えてから片方の翼を広げて上げた。この下に入れということだ。

「わーい!」

ぽふんと飛び込むと、顔をしかめたような気配がする。

「素っ裸で風邪を引かれると困るからな」

「うわー、あったかーい」

水も雪も弾く艶やかな鷹の羽に覆ってもらうと、どんな布団に入るより温かい。この羽は慈悲深きオーロラの三姉妹から授けてもらったそうだが、確かにこれなら氷のように冷たい世界でも、生きていけるだろう。

それに、ウオルシュの大きな翼の下に入るのはすごく安心感がある。

――――気持ちいいなあ。

なめらかでしなやかな羽は、極上の感触だ。エナガは翼で抱きかかえられながら、ウオルシュを見上げて尋ねた。

「今まで、ずっと〝湯たんぽ〟なしでひとりで眠ってたんですか？」

「ああ」

「寒くなかったですか？」

「耐えられないほどではない」

そうはいっても、この城はなんだかがらんとしている。

召使いらしきものは、オゴーニしか見当たらない。いつもひとりきりで眠ったり暮らしたりしているのは、なんだか寂しいのではないかと思ってしまう。

「オゴーニさんを湯たんぽにしたら、燃えちゃいますか？」

「水晶の中にいる間は、熱を伝えない。だが呪いが利いている間に水晶の外に出ると、炎でも凍る」

むしろ、お前が凍らないのが不思議だと言われてしまった。

「王さまの羽であっためてもらっているからじゃな

いでしょうか」

——それに、精霊のほうが弱いし…。

なんだかんだ言って、一番生命力があってしぶとく強いのは、人間なのだ。鳥族は古い民ではあるけれど、精霊ではなく人間だ。

ほかの人ではどうなのだろうと思って聞くと、やったことはないのだという。

「気軽に人を使って、うっかり凍死されたら困るからな」

「そうなんですか…」

温め鳥の伝承を聞いたことがあるので、羽毛を持つ鳥なら大丈夫なのかもしれないと、エナガで試しただけなのだそうだ。

——すごくあったかくて気持ちいいのに…。

これが〝湯たんぽ〟の役目だというなら、喜んで引き受ける。エナガは両腕を伸ばして、もふもふの胸毛に腕を埋《うず》めた。

——うーん、ふわふわ。

顔を擦り付けて感触を味わっていると、頭上から苦言が聞こえる。

「…あまりモゾモゾするな。こそばゆい」

「あ、ごめんなさい」

「コラ湯たんぽ、ちゃんと仕事をせんか！」

「はあい」

——王さまがゆっくり眠れるように…。

じっとしていたら、エナガはいくらもしないうちに眠気に負け、そのままぐっすり眠ってしまった。

陽が沈む前に起こしてもらい、エナガはオゴーニと一緒に、王城へと飛び立っていく鷹を見送った。

「ここに住んでるわけじゃなかったんだ」

「ここは、先王の造った別城だ」

ウオルシュのいなくなった部屋は、オゴーニが水晶から出たせいもあるけれど、あのキーンとした寒さはない。

――ほんとに、呪いって大変なんだ。

ウオルシュはこれから、王城に帰って政務を執るのだそうだ。大臣や、お役人たちに指示を出して、明け方まで仕事をする。そしてまた鷹の姿に戻ってしまったら、この水晶の城に帰ってくる。

「ぼく、明日も来ますね」

「おお、そうしてもらうと助かる」

オゴーニは炎を揺らめかせて答えた。

「王さまは大変辛抱強いからな、こんな状況でも黙々とこなしておられるが、本当は大変なんだ」

平原の国、ポーリエは七つの国を併合した大国だ。王の仕事は山のようにあるらしい。王城では休みなく仕事詰めなのだという。

ぜひとも来てくれと言われると、エナガも張り切ってしまう。

「うん！　じゃあ、また明日」

ピンク色の小鳥に戻り、飛び立ちかけてから思い出す。

「あ、そうだ。王さまは、お腹空いてないかな」

炎の精はこともなげに赤い火を振る。

「王城に帰れば何十人も召使いがいる。食事も、着替えも唸《うな》るほどあるさ」

「そうか。じゃあ、このベリーは持って帰るね」

「お前のおやつか」

「ううん。みんなの朝ごはんだよ！」

オゴーニさんは要《い》らないよね、と大声で伝えて、エナガは飛び立った。急がないと、真っ暗になってから帰ったらまたフィリたちに怒られてしまう。

オゴーニが変な顔をしたのは、あまりよくわからなかった。ただ、明日も急いで水晶城に来ようと思った。

「王さまを、あっためてあげなきゃね」

◆◆◆

エナガは毎日窓辺にやってくる。

陽射しに雪原がきらきらしはじめる頃、桃色の小鳥が窓辺にちょこんと下りてくる。唐草模様の窓格子の間をくぐり抜け、寝台の敷布の上に小さな窪《くぼ》みを作ってとん、とん、と近づいてくるさまは、冷え冷えとしたこの城に不思議な和みを与えていた。

疲れた身体を横たえ、翼を少しだけ上げると、エナガはそこに頭を潜り込ませ、嬉しそうに毛並みの間に入る。丸っこい身体をもぞもぞされると少しくすぐったいのだが、嫌ではない。

やがて寝心地のよいポジションを見つけたエナガが、すやすやと眠りはじめる。気を抜いたエナガはすぐに人の姿に戻ってしまうので、のびやかにはみ出した手足を翼で覆ってやらなければならないのが面倒だが、それも慣れるとたいしたことはなくなった。

きっと小鳥の小さな身体で森からここまで飛ぶのは、それなりに大変なのだろう。ウオルシュは毎日、その身体を片羽で引き寄せて眠った。自由奔放に寝返りを打つ少年がはみ出ないようにするには、しっかり抱きしめておくのが一番なのだ。

日が暮れかけても起きない時は、上掛けをかけて置いて去る。夕陽が沈み切るまでに王城に戻らなければならないし、そう何日も政務を空けるわけにはいかない。けれど、エナガが訪れるようになってから、ウオルシュはなるたけこの水晶の城にいられるようにしていた。

エナガが何故『湯たんぽ』役をやろうと思ったのかは、よくわからない。けれど自分の腕の中で眠るのが心地よいというのは本当なのだろう。幸せそうに頬をすり寄せて眠られると、自分の気持ちも和む。

今まで、特にこの暮らしに不満は感じていなかったのだが、このちょこまかした小鳥が一羽来ただけで、生活はずっと賑《にぎ》やかになった。用事があるわけではないのだが、寝入る時だけでなく、エナガが目覚める時も、なんとなく姿を見たいという気になる。

その日も、ウオルシュは広い円形の寝台に身を横たえ、頬杖をついて、自分の胸を枕代わりにしているエナガを眺めていた。窓の外はすっかり夜なのだが、エナガはまだ起きない。

――これは…好かれたのだろうか。

毎日懐に転がり込んで懐かれ、さすがにウオルシュも、エナガがただ昼寝に来ているのではないだろうとは思っている。

それがいわゆる色恋に相当するのかどうかはわからないが、お世辞にも親しみやすいとは言いがたい鷹の姿の時に、嬉しそうに潜り込んでこられるのは、悪い気はしない。

人の姿になっているエナガは、睫毛まで薄桃色で、白い頬も温かそうに染まっている。まるで本当の桃のようで、ウオルシュはなめらかな頬を指でなぞった。

「……」

別に男色の趣味はないし、あまり色恋にのめり込むほうでもないのだが、エナガのことは少し可愛いと思いはじめていた。

貴族の娘から占領下の街女まで、呪いを受ける前、女性と関係を持つ機会には事欠かなかったが、主に情欲を満たすだけで、特定の誰かに焦がれるような恋はしたことがない。

――――まあ、この小鳥を相手に色恋はないだろうが…。

エナガはまるで、小さな砂糖菓子のような印象だ。艶っぽさも色気からも遠いけれど、甘くて可愛くて、幸せそうな姿をしている。

そう思いながらエナガの頬を撫でているうちに、ウオルシュはいつの間にかその小さな唇に触れていた。

薄く開いた赤い唇は、指で触れると妙になまめかしく感じてしまい、淫らにその中をこじ開けてしまいたくなる。

「…ん……」

やわらかな唇を指先で弄《いじ》っていると、目覚めかけた吐息が甘く指をくすぐって、ふいに肌がぞわりとした。

――――……。

どういうことだろう。半分寝ぼけまなこのエナガが、艶めいて見える。

「あ…」

やわらかな唇が動いて、小さく甘い声がこぼれた。驚いた淡い金色の瞳は、見開かれたあと、どぎまぎと逸《そ》らして伏せられる。

恥じらうように伏せられた長い睫毛と、みるみる目元が桃色に染まるさまは、見ているほうもドキリとした。

それは言葉より雄弁に思慕を伝えられているようで、冷静なつもりのウオルシュも、心がざわめく。

「…起きたか」

声をかけると、心なしか潤みはじめた瞳がおずおずとウオルシュを見る。なんだか、ウオルシュもつられたように心拍数が上がってしまった。

「王さま、今日はお出かけしなかったんですか？」

「ああ、今日は戻らなくてもよいのだ」

少し上擦った声と、戸惑うような瞳が可愛い。ウオルシュは興をそそられて、つい感情のままにエナガの小さな頤《おとがい》を摘み、開きかけたままの唇を唇で塞いだ。

「んっ」

可愛かった。その甘い声を漏らす唇を、もっと直接味わいたくなる。

エナガが驚いているけれど、ウオルシュはかまわずそのやわらかな桃色の髪を梳《す》きながら頭を抱え込み、角度を変えて唇からその奥へと侵入した。

小さな唇の感触は悩殺的で、久しく忘れていた激しい本能を目覚めさせてしまう。

「んー」

驚いて息を止めているエナガが、白い手で腕を叩《たた》いてくる。だが、非力な拳《こぶし》は痛くも痒《かゆ》くもなくて、やがて引き剝《は》がそうと腕を摑む感触に変わると、むしろ心地よくさえ感じてしまった。

ジタバタともがかれても、舌を差し入れた口腔《こうこう》は蕩《とろ》けそうな熱さで、その心地よさとエナガの抵抗が、むしろ余計に情を煽《あお》った。

「んーっ…んん――ッ」

もっと口腔を舐《な》め回したい。エナガの感触を味わいたい…。まるで肉食獣の捕食のように、エナガを貪りたいスイッチが入ってしまう。

エナガに覆い被《かぶ》さって細い腕を押さえつけ、華奢な身体を敷布に沈める。

「ん――――っ」

だが、閉じようとする唇の感覚と、力いっぱい足で腹を蹴ってくる感触がした。エナガはドカドカと両足をばたつかせている。

――――…？

手を緩めると、エナガがその隙《すき》に腹の下から滑り出て、あっという間に手のひらサイズの小鳥に戻る。丸いつぶらな瞳は、いつもより潤んでまん丸だ。

「ピーッ」

驚いたように鳴き、エナガはパタパタと窓格子の間から飛び去ってしまった。

――――嫌だったのか？

あんなにわかりやすく見つめてきたくせに、手を出した途端にあの態度というのはどういうことだろう。

「……あの……王さま……」

しばらくエナガが去った窓を見ていると、水晶塊の中からオゴーニが恐る恐る声をかけてくる。

なんだ、と顔を向けると、オゴーニはだいぶ情けない顔をして炎を揉《も》み手しながら出てきた。

「もしかして……王さまは、あのちび助めをお小姓になさるおつもりだったので？」

「…そういうわけではないが」

気に入ったからキスしただけなのだが、なんだか非難されているようで複雑な気分だ。

何がいけなかったのだろう。

「エナガもその気があるのかと思ったのだが…」

読み違いだったようだ、と半分独り言のように言うと、オゴーニは首を振る。

「おいらにもそう見えましたけど、なにせあのちび助はかなりのビビりですから…」

たぶん、本当に驚いただけなのではないか…とオゴーニは言う。

「相手は小鳥ですから。やっぱり、こういうことはそーっと、驚かさないように〝こと〟を進めないといけないのではないかと…」

オゴーニがあれこれと助言をしてくるが、気分は浮上しない。エナガが拒んだことは事実なのだ。

「もうよい」

「……王さま」

「きっと嫌だったのだろう」

何のメリットもないのに、毎日訪ねてきてくれるエナガのことは、いつの間にか日々の楽しみとなっていたけれど、あれでは嫌われただろう。

残念だが、仕方がない。縁がなかったのだ。

「静かになるな」

窓格子の向こうは紺色の星空で、今夜は風の音もしない。ウオルシュは自分に言い聞かせるように呟《つぶや》いた。

「王さま…」

元の生活に戻るだけ…そう独りごちたが、ウオルシュはいつまでもエナガが去った窓辺を見ていた。


翌朝になっても、窓辺は晴れた空と雪原しか見えなかった。

小さな桃色の小鳥が訪れなくなっただけで、城はがらんとした静けさばかりが目立つ。

ウオルシュはいつも通りに眠ったが、ここ数日ですっかり慣れた温かさがないせいか、いつまでも眠りが浅い。

オゴーニも、心なしか口数が少なく、鉄格子を風が吹き抜ける音ばかりが響いた。

――そういえば、はじめの頃のエナガは、気絶するほど怯えていたな……。

こちらは猛禽の姿なのだから、それは怖いだろう。

《相手は小鳥ですから……》

「……」

そうかもしれない。

鷹の姿ではなくとも、人として比べても自分はエナガよりずっと体格ががっしりしている。

自分としては、そんなに性急なことをしたつもりはなかったのだが、プチサイズのエナガからすると、喰われそうなほど怖いことだったのかもしれない。

――私はそんなに、恐ろし気に見えるのか。

怖がらせるようなことをしたつもりはない。けれど、オゴーニの忠言は、自分が心の中でどこか気にかけていたことにも繋がる。

大臣や貴族たち、城の従者…。皆、特に言葉で言われたことはないが、びくびくと顔色を窺われることが少なくない。小鳥のエナガならわかるが、彼らの態度は鷹の姿をとるようになる前からだ。

――何がそうさせるのだろう…。

即位以来、いや、正確には王太子として城に上がった時からずっと、周囲との越えられない壁は感じていた。それがエナガの行動に象徴されているようで、ウオルシュはどうしても考え込んでしまう。

「……」

ウオルシュは王宮から遠く離れた神殿で育った。

王妃が産褥《さんじょく》熱で亡くなったこともあったが、伝統として王の子どもたちは王城から離れて暮らす。どの子どもが成人まで生き残れるかわからないからだ。

幼い子どもでは、国を動かすことも貴族たちと渡り合うこともできない。一人前の働きができるようになって初めて、後継者争いに参加する資格を得る。

むしろ、〝子ども〟という概念自体があまりないといってもよい。年端のいかない人間は単に〝姿の小さな大人〟でしかないのだ。

王はお飾りではなく国を指揮する絶対統治者で、経験の少ない嫡子ではなく、年の近い王の兄弟が継ぐことも珍しくない。貴族の嫡子たちも、長男を除けば領土を継ぐ可能性はほぼなく、自力で活路を開かねばならない過酷な環境だ。

ウオルシュも例外ではなく、五歳で乳母の手を離れると同時に、地方の古い神殿に預けられた。

山裾にある白い石造りの神殿は、高い扉を中心に両脇へと長く伸びた塀がどこまでも続いており、ウオルシュにはそれが、森と平原を隔てる城壁のように思えた。

実際、神殿は結界としての役目を持っている。だがそれを学んだのは、だいぶあとのことだ。

――随分、忙しい日々だった……。

夜明け前に起き、祈禱《きとう》がはじまる。足元が見えるほど闇が薄くなると、飼っている牛の乳搾りと寝床の藁《わら》の掃除をし、牛のほかに羊やヤギ、馬を外に出してやらなければならない。

竈《かまど》の精霊に祈ってから火を熾《おこ》し、搾りたての牛の乳を大鍋で煮る。もちろん、作業はどれも大人の修行僧や神官たちがやるが、たとえ五つでも神殿に住まう者には平等に仕事が来る。ウオルシュは椅子に上って、木の柄杓《ひしゃく》で浮いている脂と泡を掬《すく》い出すのが役目だった。

井戸から水を汲み、パンを炙《や》き、チーズを切り分け、そこでようやく食事にありつける。終わってからも畑仕事や掃除、薪割り、繕いものに至るまで延延と仕事が続いた。

着る物は粗末な麻の長衣だけだ。儀式の時にはこれにフードのついた白い上着を着る。それも、全て自分たちで糸から作る。

新しい仕事を学ぶ時、神官たちは言葉では教えない。やり方を見せて、あとはウオルシュが真似《まね》るのを見守る。食べるものから灯り用の油を搾るところまで全てが自給自足で、幼かったウオルシュはたちまち日々の暮らしに呑《の》まれ、いつしか王宮での生活を忘れてしまった。

神官たちは、驚くほどしゃべらない。言の葉はある種の呪力を持っているので、不用意に言上《ことあ》げしないための用心なのだ。そして、彼らはウオルシュをほかの修行僧とまったく同等に扱った。

神殿に見習いに入る者の多くは十四歳あたりからだ。だから、二百人いる神官・修行僧の中で子どもだったのはウオルシュひとりだけだ。けれど、誰もウオルシュを子ども扱いしなかったし、王家の血筋として特別な配慮をされることもなかった。だから、ウオルシュも何の疑問も抱かず、その環境に順応した。

読み書きを習い、長い時間を祈りに捧げる。毎日、山ほどいる神々のどれかを祀《まつ》る行事があって、一年はあっという間に過ぎていく。

けれどそんな中に、神殿ならではの経験があった。

神殿は森の結界と鎮守を兼ね備える。森には善い精霊もいるが、恐ろしい精霊のほうが多いからだ。たくさんの神々がいるように、精霊にも人を襲うもの、助けをくれるもの、単に悪戯《いたずら》好きな精霊、人が霊魂だけになってしまった姿まで様々なものがいる。中には湖に現れる〝嘆きの精霊〟のように、ただ泣くことしかしない精霊もいた。

邪悪な精霊は、めったなことで森の外に出てこない。けれどある夏の日、神官の後ろについて宿舎裏の小さな畑を耕しにいき、ウオルシュはふいに老人の姿があるのに気付いた。

畑の終わり、その先は森の入り口というところに背の低い大きな鼻をした老爺《ろうや》が立っている。顔は皺だらけで背より高い樫《かし》の杖を持ち、灰色の衣は裾まで薄汚れている。黄色く濁った目と、への字に引き結んだ唇、長い白ひげを蓄えていて、鼻が曲がりそうなほどの悪臭がした。

その姿を見つけると、神官は顔を曇らせ、くるりと宿舎へ足を戻した。

《戻りましょう》

《収穫しないのですか…？》

《疫霊がいますから》

《あれが…》

ウオルシュは炎天下に佇《たたず》む灰色の老人を見た。それは疫病の精霊で、彼らに気に入られてしまった作物はもう口にできないと言われている。

じっと老人がウオルシュを見つめる。その時ウオルシュは老人と目が合ってしまい、何故か足が竦んで動けなくなった。

《…う……》

真夏の陽炎《かげろう》のような姿が、どんどん大きくなっていく。ウオルシュは恐ろしくなってガタガタ震えた。逃げ出したいのに、足が張り付いたように地面から離れない。

目を逸らせなくなったウオルシュに、神官が強く肩を摑んで言った。

《恐れに囚《とら》われてはいけません》

びくりとウオルシュの身体が引き攣り、その刺激で足は簡単に地面から離れた。

《…あ……》

ウオルシュは歩き出せたことが不思議で、神官に尋ねた。

《私は、あの精霊に呪《しゅ》をかけられたのでしょうか》

《そうではありません、ウオルシュ》

空の木桶《きおけ》を手に、神殿に戻りながら神官は静かに諭す。

《自分の身体を支配するのは、精霊ではなく自分です。あの精霊が貴方《あなた》を捕らえたのではなく、貴方の心が恐れて、身体が動かなくなったのです》

振り向くと、入道雲のように膨らんでいたはずの老人の姿は、元の小ささで畑の端で佇んでいる。

《霊を恐れるのは仕方のないこと。ですが、心がそれに捕まったままではいけません》

ではどうすればいいのか…ウオルシュは尋ねたが、神官は答えてくれなかった。

それが神殿の教育方法だ。答えを自分で見つけるまで、神官たちはウオルシュを見守っている。たとえ間違っていても、致命的に失敗するまでは、手を出したりアドバイスをくれたりはしないのだ。

《……恐れに、呑まれない方法》

やがてウオルシュは、武術の鍛錬にその答えを見《み》出《いだ》した。

神殿には固有の荘園があり、直轄地の警護のための『僧兵』がいる。僧兵は神官でもあり、長槍《やり》を携えた武装兵でもある。神殿の中には、お抱えの屈強な僧兵を傭兵《ようへい》として貴族に貸し出しているところもあるほどだった。

ウオルシュは十の歳《とし》の春に、その年に生まれた仔馬を与えられた。十一の歳には弓と矢を、十二の歳には剣をもらった。それは祝詞《のりと》を覚えるよりも魅力的で、ウオルシュは成長する馬を丁寧に世話し、弓矢も剣も、熱心に学んで腕を磨いた。

そして十四の歳、ウオルシュは初めて同じ歳の友人を得た。神官見習いの少年が得度してきたのだ。

ずっと大人の修行僧に囲まれて育ったウオルシュにとって、それはとても新鮮な人間関係だった。

《すごいな。君は全ての祝詞を覚えているのか》

《すごくはないよ。だって僕は生まれた時から神殿

で育ってるんだもの》

地方の小さな神殿の前に捨てられていた子なのだとシアドアは微笑《ほほえ》んだ。亜麻色の髪の少年は、その頭のよさから、神殿の推薦を受けてここへ来たという。笑顔がやわらかく人懐こくて、ウオルシュは来たばかりのシアドアに神殿を案内して回り、愛馬に乗せて荘園を見せた。

利発なシアドアはこの神殿の祭祀《さいし》をすぐに覚え、勉学はどの修行僧より抜きん出ていたが、身体を動かすのはあまり得意ではなかった。剣術は苦手で、馬も上手《うま》く扱えない。けれどウオルシュにとってそれはどうでもよいことだった。馬なら自分が乗せればよいし、剣の稽古相手にしたいわけではない。ふたりは神官の目を盗んで読んだ本について語り合い、神官たちに教えられた内容について意見を交わした。

だがその夏、ウオルシュにとってそれは苦い記憶に変わった。

ある時、ふたりは語り合ううちに、森を探検する計画を立てたのだ。同年代の友人を得て、互いにちょっとした冒険心をそそられたからかもしれない。思いつきはあっという間に実行された。

あとから考えると、なんと思い上がったことだと思う。けれどその当時はウオルシュもシアドアも、自分たちの力だけで、安全に森に入っていけると思った。

武力は自分が、呪術と祈りはシアドアが担当すれば、互いをカバーし合って、大人と同じだけの力が持てるだろうと踏んでいた。

――……。

恐ろしい経験だった。ふたりはうっかり森の精霊を怒らせてしまい、襲い掛かられた。ウオルシュも応戦したが歯が立たず、子どもたちがいないことに気付いた僧兵が捜索に来ていたおかげで、間一髪で助かったのだ。
《ごめんね、ウオルシュ》
《シアドア…》
助けられたあと、シアドアはベッドに寝かされ、白い顔で微笑んでいた。
彼の左足は膝から下が食い千切られていて、肉を焼いて止血した。もう、彼は杖なしで歩くことができない身体になったのだ。
《……すまない》
謝罪の声を絞り出すと、シアドアは首を横に振る。
《僕が森に行こうって誘ったんだから、君のせいじゃないよ…》
――違う…。
言い出したのは同時だ。ふたりならできると思い上がった、自分の短慮さが招いた事故だ。
森に狩りに入るには、弓矢を扱う僧兵たちの技術だけでなく、神官から呪術の指導を受けなければならない。まず、安全な道の選び方、悪霊を避ける方法、神々の怒りを買わないための祈りの捧げ方を学ぶのだ。
充分学んだと思っていた。けれど危険の察知や、おかしいと思ったら引き返すだけの慎重さを、自分たちはまだ身に付けていなかった。
《……》
ウオルシュは拳を握りしめた。
自分の甘い判断が、かけがえのない友人の足を奪ってしまった。口惜しさと申し訳なさが募るのと同時に、憤りが込み上げる。
――理不尽だと、怒っていた…。
神々は何故、加護を下さらなかったのだろう。こんなに日々祈っているというのに、どうしてシアドアを助けてくれなかったのか…。

そもそもウオルシュには、善い神と悪い神がいるというところから納得できなかった。悪霊だけではない、何故神は恐ろしい疫病や雷で人間を苦しめるのか。

シアドアを負傷させてしまったという負い目は、復讐心に変わった。神々など頼りたくない。友人の足を奪った精霊に、仕返しをしてやりたい気持ちでいっぱいだった。

呪術で悪霊を追い払えるのなら、もっと強い呪術を会得すれば、悪《あ》しき精霊を倒せるのではないか…。

ただシアドアの快癒を祈るだけの神官たちに嫌気が差し、ウオルシュは、より強力な呪力を欲して禁書に手を出した。

神殿の書庫の奥深くに隠されている呪術の書。それは神を祀る神殿では本来使うことのない呪いで、神殿に反旗を翻した隠棲《いんせい》の呪術師たちが用いる邪悪な書だ。けれど、ウオルシュは力を欲していた。

力さえあれば、シアドアを守ることができた。彼を傷つけた者への復讐ができる。

けれどある晩、神官が気付いてウオルシュを止めた。書棚から本を取り出そうとすると、後ろからがっしりと手首を摑まれてしまった。

細い老人の手は、ウオルシュが振りほどこうとしてもびくともしない。

《捻《ね》じ曲がった力を手に入れても、友人の足は元には戻りませんよ。ウオルシュ…》

《……》

どんな説得をされようが、この怒りは消えない…。

ウオルシュはそう思い、頑《かたく》なに俯《うつむ》いた。しかし、神官は静かにウオルシュを写本のための小さな部屋に招き入れた。

ずっとウオルシュを見守り、育ててきた老神官は、初めてたくさんのことを語ってくれた。そしてその時、ウオルシュはようやく、自分が国を継ぐべき王太子であること、十五歳になったら城から迎えが来ることを教えられた。

《…私が？》

神官が頷く。

《己の小さな呵責《かしゃく》に囚われていてはいけない》

ウオルシュが悪霊を憎んでいるのは、悪霊が悪い存在だからというわけではなく、シアドアの怪我を悪霊のせいにしていれば、己の未熟さを見ずに済むからだと神官は言う。

《本当の怒りは、悪霊ではなく、助けられなかった己の非力さに向けるべきもの。そこから目を逸らしたら、そなたはそこまでの器でしかなくなる…》

物事の本質を見なさい、と神官は諭した。

《シアドアのことに囚われてはいけない。そなたが彼の失ったものを返せるわけではないのだから》

《…そう…ですが》

《幸い、そなたはゆくゆく国を治めるはずの身の上。誰かへの恩も詫びも、ほかの幾多の民に返すことで贖罪《しょくざい》できよう……》

《……》

王子なのだから、と言われてもぴんとこない。

城で暮らした記憶は微《かす》かにある。王子と呼ばれていたことも憶えている。けれどそれは神殿で学ぶ日日の中に深く埋もれていたものだ。

《この九年間、我々が教えられることは全てそなたに教えた。それをどう活《い》かすかは、そなた次第…》

後にこの言葉はウオルシュも深く実感した。

神殿はまったく帝王学を教えなかったが、自分の目で観察し、自分の手で事態を切り開いていく術《すべ》は、きちんと身に付けていた。

シアドアのことは心配要らないと老神官は言う。

《あの子は神官長様が跡継ぎとして引き取られる。片足を失っても、神殿の祭祀にはなんの不都合もない》

美しい筆跡を持つシアドアは、よき写本を作るだろうと賞賛する。彼の生きる場所は、神殿なのだ。

同時に、ウオルシュは自分の生きる場所が神殿ではないことを自覚させられた。

《我々は神を畏れ、敬い、加護を願うが、聞き届けられるかどうかは神次第。人の世を治め、導くのは人の王の務めです…》

結局、ウオルシュは神官の勧めに従って禁書を漁《あさ》るのをやめ、城に戻るまでの半年間を、ポーリエの歴史を学ぶ時間に充《あ》てた。

そして、十五の誕生日を前に、本当に城から使者が来た。ウオルシュは傅《かしず》かれ、神官たちに深々と頭を下げられて神殿の門を出た。

杖で身体を支えたシアドアが、神官に付き添われながら見送ってくれる。

《元気で…ウオルシュ》

シアドアはやわらかな笑みを消さなかった。旅立ちに、餞《はなむけ》として無理をしてくれたのかもしれないが、ウオルシュはシアドアに深く頭を下げ返した。

もう、二度とシアドアのような犠牲は出さない…

それはウオルシュが心の中だけで誓った言葉だ。

——それが、国を治める者の務め。

己の未熟さは、そのまま国を左右する。その判断も振舞いも、決して自分のことだけだと思ってはいけない。

《お前がここで国の安寧を祈るように、私は国の平安を護ろう》

《ウオルシュ…》

ウオルシュは神殿での質素な衣を脱ぎ、用意された絹の衣に着替えた。そして馬車に乗り、平原を征《ゆ》き、華やかな都に入った。

王城は都の中心にある。ウオルシュは華々しく宮廷に迎えられ、数年ぶりに父王に拝謁した。

王も王弟も、大勢の貴族もその成長を讃《たた》え、褒めそやしたが、ウオルシュには違和感が拭えなかった。

華麗な装飾と賑やかな音楽。

人々は着飾り、笑いさざめいて優雅にウオルシュに話しかけてくる。それは、今まで暮らしてきた神殿とは別世界だ。ウオルシュは嫌ではなかったが、どうにも馴染《なじ》めなかった。

何もかもが違いすぎるのだ。

幸い、というべきか、城に戻ってからいくらもしないうちに、王弟がウオルシュの初陣を提案してきた。何故ならその頃、国は左右両隣の国から同時に攻め込まれて、危機的状況だったからだ。

王弟は常に戦場を駆けまわっていたが、一方で父王はそんな戦国の世を嫌い、芸術や文学をこよなく愛した。

近隣国と和平協定を結び、武力以外の交流を持つことで、血生臭い争いを避けようとする父親の政策はウオルシュも否定しなかったが、その奢侈が生む負の部分には眉を顰《ひそ》めざるを得なかった。

それに、河川の氾濫域が領土の大半を占める国や、厳しい山岳遊牧の民に、芸術を楽しむ余裕はない。飢えれば豊かな国をめがけて襲ってくるし、食うや食わずの相手に、話し合いは通用しなかった。

《山側を私が、河川側をウオルシュ王子が率いられればよいでしょう。王子が武術に優れていることは、神殿でも有名だったそうですから…》

実質的な指揮は将軍が行うという。王は了承し、ウオルシュはすぐに出陣した。

――その頃から、距離があったか…。

武芸などからきしの大臣たちは、恐ろしそうに出陣の話を聞いていた。しかしウオルシュは、宮廷で毎晩舞踏会に出るより軍の野営のほうが性に合っていて、命令が出るとすぐ出征してしまった。だから、あまり大臣やほかの貴族たちとは親交がないのだ。それは、父の死後に王位を継いだ時も同じだった。

父王と王弟とを一度に失い、それでなくとも暗い空気の中だったから、即位といってもあまりめでたい感じにはならない。さらに直後に起きた呪いのことで、宮廷は緊迫していた。

臣下たちは忠実で、貴族は皆、王に平伏している。けれどそれは例えるなら遠巻きにこわごわと従われているような感じだ。

鷹の姿に親しみが湧くはずはないし、夜にひっそりと行われる政務が賑やかになるはずもない。ウオルシュも今まではこの距離感を、状況がもたらす〝仕方のないこと〟だと考えていたのだが、心のどこかで、大臣たちの緊張した顔に引っ掛かりを覚えていた。

けれど、もう一方では諦めてもいる。この呪いがある以上、気楽で賑やかなかつての宮廷と同じにするなど、無理な話だ。

――変えようのないことなのかもしれない。

ウオルシュは目を瞑《つぶ》ったが、風の音がやけに耳に響いた。

◆◆◆

一日前――。

エナガは心臓をバクバクさせて森に戻っていた。

卵の家に帰り着いても、いつまで経《た》っても心が静まらない。

――ビックリした――っ。

美しく透ける卵の殻の屋根からは、月明かりが通ってくる。エナガは枯草の上に座り込んで、まだ大騒ぎしている心臓を両手で押さえる。

「……キス……されちゃった？」

熱い舌に嬲《なぶ》られた感触を思い出して、カーっと頬が赤くなった。

「あわわ……」

手首を押さえつけた強い腕の力も、息ができないほどの接吻《せっぷん》も、思い出すと頭がくらくらする。エナガは顔を真っ赤にしたまま、ぽすんと横に倒れた。

「……あれ…キスだよね……」

なんだか、獣に喰われているような獰猛な感じがして、怖くて夢中で蹴り飛ばしてしまったが、思い返してみると、やっぱりキスなのではないかという気がする。

接吻は、想う相手にするものだ。ウオルシュに好かれたのかと思うと、心臓が口から出そうなほどドキドキしてしまう。エナガはキスの続きを想像して、ひとりで悶《もだ》えた。

「うわあ…」

実は、そういう色事の知識はしっかりある。仲間内で最も早熟だったロニが、子どもの頃に興味本位であれこれ大人たちから聞き出して、教えてくれたからだ。

――番《つが》うほど好きな相手を見つけたら、まずキスするでしょ。それで服を着ないで抱き合うでしょ
…それから。

「あ！」

——もう抱き合ってる！

突然、ウオルシュの腕の中で目覚めたことを思い出し、エナガは驚いて両手で頬を覆った。

——わあ。じゃあもしかして、ぼくたちって、もう恋仲？

ウオルシュの顔が記憶に甦って、胸が甘くときめく。

しっとりした鷹の羽の間で眠るのも心地よかったのだが、今日の目覚めは特別だった。

人間の姿に戻ったウオルシュは本当に勇壮だ。目を開けたらすごい至近距離で見つめられていて、視線を合わせられないほどドキドキした。

重ねられた唇も、押さえつけるために触れられた手も、エナガの心臓を高鳴らせる。

「ふわあ……あ。でも、王さまは男だよ？」

——雄同士《オス》だと、卵は生まれないよね。

甘いときめきが、急に現実味を帯びて止まる。

はたして、男女でない番《つがい》というのはあるものだろうか。

少なくとも、鳥族では見たことがない。

「……うーん」

——ロニに、聞いてみたほうがいいかな。

「でもそうしたら、最初から全部話さなきゃいけないのか」

怒られるのは目に見えている。ベリーを運んできただけで、どこへ行っているのかとすごく心配されているのだ。日中、鷹のお腹で昼寝をしているなんてばれたら大変だ。まして森の外の人間が好きなのだと知られたら、どれだけ怒られるか想像できない。

「でも……」

自分は、ウオルシュのことが好きだ。

あまりウオルシュのことをよく知っているわけで

はないけれど、ウオルシュは見た目ほど怖い人ではないと思っている。

迫力があって静かだから、凄《すご》みを感じてしまうけれど、捕まえる時の爪は決して自分を傷つけないし、乱暴なことは絶対しない。

――さっきだって、蹴ってもびくともしなかったもの…。

ウオルシュはすごく強い人なのだと思う。けれど、弱い者にはその力を振るわない。だから逃げられたのだ。

もちろん、見惚れるほど恰好いいと思うのだが、見た目だけのことではなく、ウオルシュのちょっとした優しさを見つけてしまうと、胸がキュッと締め付けられる。

つい先ほどまで、それを恋だとは思っていなかったのだが、キスの余韻はエナガを充分覚醒させた。


――王さまも、ぼくのこと好き…かな…。

キスは愛情の証《あかし》だと思いたいのだが、世の中には好きでなくても、とっかえひっかえ番う〝浮気者〟がいることぐらいは知っている。キスされたからといって、必ずしも好かれたとは限らない。

――お城に戻ると、召使いもいっぱいいるって言ってたし…。

あまり森の外のことは知らないけれど、王なのだから、ウオルシュにもお后《きさき》さまやら美女の群れくらい、いるのではないかと思う。

「抱き合ってたけど、ぼくは〝湯たんぽ〟だし…」

これは、想われたからではなく、ただ寒いからだ。

そう考えると、あの接吻も、もしかすると違う理由だった可能性もある。

――どっちだろう…。

愛情からだったのか、ただの気まぐれだったのか…何度もあの接吻を思い返してみるのだが、いささか恐慌状態だったせいか、ウオルシュの真意は読み取れなかった。

「うーん」

仲間には相談できない。かといって、蹴り飛ばして逃げたウオルシュに直接聞くのは難しそうだ。

――どうしよう…。

結局、エナガが水晶の城を訪ねたのは、まる一日を過ぎてからだった。色々考えて、相談はあの炎の精霊にするのが最良なのではないかと思った。

オゴーニだけに相談するのなら、ウオルシュが王城に帰っている夜を狙うしかない。それに、仲間たちに見つからないようにするためにも、皆が寝静まってからそっと出ていくほうが、都合がよかった。

卵の棲み処からごそごそと出てみると、夜だからというのもあるが、広場はしんとしている。

「みんな、疲れてるんだね」

――帰りは、隠しておいた食料を運んでこなくちゃ。

フィリやロニはよくいなくなるエナガを心配してあれこれ言うが、最近は彼らのほうがいないことが多い。いよいよ食料が尽きてきて、隊を組んで遠方まで食料調達に出かけているからだ。

エナガも、お腹はぐうぐう鳴っている。

でも、女性や、もっと小さな子どもたちのために、備蓄の食料は大切に取っておかなければならないと思う。だから、エナガも食事はあまりもらわないようにしていた。

――なるたけたくさん、ベリーを持って帰ろう。けれど一番の目的はオゴーニだ。

夜の森は黒の神のマントのように深くて黒々として冷たい。雪原は夜空を吸い込んだ青さで、エナガは小さな影を落としながら水晶の城へと飛んだ。

水晶の塔は、月の光を弾いてキラキラしている。いくつもある窓の中で、エナガはひとつだけ暖かくオレンジ色に浮かび上がっている部屋を見つけた。

見慣れた格子の窓辺に下り、ちょこんと顔を覗《のぞ》かせる。

「こんばんは」

「…ちび助！」

炎が驚いて揺らめく。エナガは唐草の格子をくぐり抜けた。

オゴーニはしみじみとした声を上げる。

「お前……来たのか」

「あの、相談があって…」

また〝無礼者ー！〟と怒られるのかと思ったのに、オゴーニは〝よく来た〟というようにぶわっと炎を大きくした。

「もう来ないかと心配してたんだ…その……王さまがちょっと、お前をびっくりさせただろうからな」

「…王さまは？」

もしかして、地下室に行っているかも、と思って部屋を見回すと、オゴーニはちらりと窓のほうへ視線をやった。

「王宮へお帰りだ。政務があるからな」

「そっか……」

エナガは広々とした寝台にぽすっと座り、人の姿に戻った。敷布を引っ張ってくるまると、オゴーニは顔をしかめたけれど、何も怒らない。

「……王さまのこと、怒ってるか？」

オゴーニのほうが、先に聞いてくる。

「怒るって……昨日の？」

オゴーニは歯切れが悪い。

「まあその……なんだな。王さまは、悪気はなかったんだ」

お前だって、すごーく嫌というわけではなかっただろ？　と上目遣いに見られる。エナガはシーツを被ったまま、膝を抱えてオゴーニと向かい合った。

「嫌って、キスのこと？」

そうそう、と炎が頷く。

「…やっぱり、あれはキスだったんだよね」

――――嫌じゃないけど…。

「食べられちゃうんじゃないかと思った…」

「まあ…王さまはああ見えて、けっこう情熱的だからな」

ちょっと暴走気味だったんだ…とオゴーニは一生懸命説明してくれる。

「それだけ、お前を気に入ったということなんだ」

「ほんと？」

ちょっと嬉しくて身を乗り出すと、オゴーニが慌てる。

「あ、いや…直接聞いたわけじゃないけどな。でも、おいらが見るところ、たぶんそうだ」

だから、性急な振舞いは水に流してくれと言われて、エナガは不思議な気がした。

「オゴーニさん、どうして王さまの代わりに謝るの？」

「え？」

オゴーニが、ウオルシュの寒さを和らげるために、寝具を暖めたり、城中に小さな灯りを置いて回ったり、かいがいしく世話をしているのは知っている。

もちろん仕えているからなのだろうけれど、自分の主君に悪い印象がつかないように、あれこれ言い訳までするのは、どうしてなのだろう。

「そもそも、オゴーニさんは精霊なのに、どうして人間の王さまに仕えてるの？」

オゴーニは水晶塊から出て、足元をチロチロと暖めてくれながら言う。

「契約したからさ…」

精霊が人間と契約する時は、交換条件がある。自分の精霊としての力が増すように、契約した相手の魂をもらうのだ。

「もらうっていったって、それは肉体が滅びた時の話さ。死ぬまで仕える代わりに、死後の魂をほんのひと齧《かじ》りもらう。それで、おいらの力はもっと大きくなる」

「ひと齧りでいいの？」

「それ以上は腹を壊すからな」

「ふーん」

「色々入ってるから、人間の魂なんてそんなに食うもんじゃない」

静かな夜は、遠くの森の梟《ふくろう》の声まで聞こえてくる。エナガはいつの間にか、オゴーニと互いの身の上を話しはじめた。

ウオルシュと出会った経緯や、鳥族のひっ迫した食料事情を打ち明けると、オゴーニも、ウオルシュと出会った時のことを教えてくれた。

それは、まだ平原で戦が頻発していた頃のことだ。

「おいらは、今はポーリエに併合された国の呪術師に捕まってたんだ。そいつは本当にひどい奴で、おいらは煤《すす》だらけの占い壺《つぼ》に、菜種油だけで閉じ込められてたんだ」

あんなクソ不味《まず》い油…とオゴーニは火の粉をペッペッと吐き出して憤慨する。

その国は炎を自在に操り、近隣の国々へ侵略していた。迎え撃つ兵士たちも、敵が何でも焼き尽くしてしまうので、太刀打ちできなかったのだ。

「でも、王さま…その頃はまだ王子だったけどな…はすごかったんだ。呪術師は夜襲をかけたはずなのに、しっかり迎撃の構えを整えていて、おいらは壺から出されたと同時に、摘み上げられちまった」

「触っても、大丈夫なの？」

「〝火熊のなめし皮〟を持っていたからな」

それはポーリエの古い宝物で、辺境の大神殿に祀られているものだそうだ。たまたまウオルシュはその神殿で育っていたので、炎に焼かれることのない、魔法のなめし皮のことを知っていて、炎の精霊を生け捕りにできたのだ。

「おいらを捕まえたんだから、それで逆に敵を焼き滅ぼすことも、ほかの国を襲うことも命じればできたはずなんだ」

実際、オゴーニを捕まえた呪術師たちはそうしていた。だから、オゴーニは逃げられなかったのだ。

「でも、王さまはそうしなかった。それどころか、降り出した雨から守るために、おいらを消し炭壺の中に入れて運んでくれたんだ」

人間たちの争いに、精霊を巻き込むわけにはいかない…とウオルシュは言ったのだそうだ。そして戦いのあと、火熊のなめし皮を奉還するために、ウオルシュは神殿へと詣でた。

「その時に、おいらを森に返してくれようとしたんだ。でも、おいらは王さまと契約を結ぶことにした」

「どうして？」

「……お前と同じさ。おいらも王さまに惚《ほ》れたんだ」

ただし、おいらのは恋なんかじゃないぞ…と炎を黄色くしてオゴーニが威張った。

「おいらのは、王さまの魂に惚れ込んでのことだ。だから、王さまがあの国を治めている間は、おいらもポーリエを守ってやる」

あの崇高な魂をひと齧りしたら、もっとすごい焔《ほのお》になる…とオゴーニは自慢する。

「それに、王さまは雷《いかづち》が顕《あらわ》れたら、好きなだけ食べていいと言ったしな」

「そっちが本当の理由なんじゃないの？」

「馬鹿《ばか》言え、おいらの契約はあくまでも崇高なる魂のためだ」

本当かなあ…とエナガはにやける。

炎の精霊であるオゴーニにとって、目の眩《くら》むような雷はこの上ないご馳走《ちそう》だ。食べれば食べるほど力も強まる。

天より落とされる雷は、聖なる焔となって森を焼く。その火に浄化された樹々は焼けるが、枝で覆われていた場所は、白き神のもたらす陽の光が燦々《さんさん》と降り注ぐようになる。そこは若芽が無数に顔を出し、焼け跡は新たな生命《いのち》のゆりかごとなるのだ。

雷は大地を造る神の槌音《つちおと》…けれど、人間の暮らす場所に振り下ろされると、家や橋が焼け、大変な被害が出る。人々の住む場所への落雷は、オゴーニが食べてくれたほうが、きっと都合がよいのだろう。

雷鳴が轟《とどろ》く雨雲の下で、オゴーニが大口を開けながら大喜びで飛び跳ねるのが目に浮かぶようだ。エナガはクスクスと笑った。

「そういうお前こそ、なんだって王さまに惚れたんだ？」

「惚れた…のかなあ、やっぱり」

「ぽーっと見惚れてて、何を言ってる」

あれを恋といわず、なんというのだとオゴーニに言われ、エナガは膝を抱えて丸まったまま、こてんと膝がしらに頭を傾けた。

お腹が空きすぎているせいか、エナガは身体にも声にも力が入らない。

「でもぼく、男なんだよ」

悩みの根幹に、オゴーニはにべもない。

「それがどうした」

「だって、番《つがい》って、卵を産むためのものでしょ？」

相手も男なのだから、番にはなれない。ならば、この気持ちは恋ではないのかもしれない…と言うと、オゴーニはこともなげに告げた。

「〝卵を授かる相手〟なら、男女でないとダメだろうな」

――何を言ってるんだろう？

お腹がぐうぐう鳴って、頭が回らない。

「でも、ただ好きだというだけなら、男か女かは関係ないだろ」

お前は卵が欲しいのかと聞かれ、エナガはカラフルな鳥族の卵から、ウオルシュが出てくるところを想像してくすっと笑った。

――なんだ…そういうことか……。

欲しいのは卵ではない、ウオルシュなのだ。

「卵を望むんじゃなければ、男でも女でも、問題ないんだ…」

そういうことだ、とオゴーニが炎を揺らす。エナガは半ば目を閉じるように笑って、消え入りそうに呟いた。

「ありがとう。オゴーニさん…」

「お、おいっ！　ちび助！　どうしたんだ」

――ああ、もうダメ……。

張っていた気持ちが、オゴーニの言葉で安心して緩んでしまった。

空腹で、もう起きていられない。

エナガは鳥の姿に戻ってしまい、寝台から滑り落ちた。

◆◆◆

夜が明ける気配がする。

煌々《こうこう》とした月と、ちらちら瞬く銀砂の星はそのままで、夜空は一度深い墨色に染まる。最も暗いこの瞬間が終わると、やがてどこからともなく闇は薄布を剝ぐように薄くなり、黎明《れいめい》の空に白き神の光が放たれるのだ。

一番夜が深い時間に、ポーリエの王城だけは赤々と明かりが灯《とも》り、その豪奢な城は遠くからでも浮き上がるように見える。どっしりと重厚なそれは、青地に金の装飾を施されていて、丸い玉ねぎのような屋根が特徴的だ。

大小いくつもの塔が連なり、それぞれ金色の丸屋根が美しく天へとそびえている。アーチ型の窓も、柱飾りも屋根の化粧も、全て瑠璃《るり》色の地に華やかな金の飾りがあしらわれていた。

ウオルシュがいるのは、その中心にある大広間だ。大理石の床には緋《ひ》色の絨毯が敷かれ、その両脇には何人もの役人が並んでいる。

従者は臙脂《えんじ》色のチュニックに、革のブーツを履いている。毛皮の襟や、刺繡の飾り襟をした豪華な長衣をまとっているのは貴族や大臣たちだ。

ウオルシュは金地に黒い刺繡の入った長衣を着て玉座にいる。

襟の詰まった長衣は、横に渡した金の飾り釦《ボタン》で留められていて、深紅の帯《サッシュ》で締めて端を長く垂らす。袖のない長いベストは、王が動くたびに、まるでマントのようになびく。ずんぐりした大臣や、ひょろりとした役人に傅かれたウオルシュは、座っていてもひときわ逞しく映った。

絨毯に沿って、両端には等間隔で脚付きの燭台が置かれている。三本の蠟燭の炎が揺らめいて、模様の彫り込まれた柱や、透かし彫りの壁に灯りと影を生み出していた。

夜の城は奇妙に神秘的だ。蠟燭の光は橙色にあたりを染め上げ、その向こうの闇に吸い込まれていく。

「次は、徴税係の報告でございます」

取次の侍従が張り上げる声も、天井に響いて消える。ウオルシュは黄金の玉座のひじ掛けに片肘を突きながら、長々と続く報告の要点だけを絞らせた。

次、と声がかかる前に、ウオルシュはちらりと後ろに控えている侍従を見る。

レンガ色のチュニックを来た侍従は、細い金の鳥籠を右手に下げたまま、恭《うやうや》しく頭を下げた。

「あと半刻でございます」

籠の中の鳥は、夜明け直前に一番の鳴き声を上げる。刻《とき》を告げる係である侍従は、王がいる間、ずっと数を数えて残りの時間を測っているのだ。

「一昨日《おととい》よりも遅い気がするな」

「十日後が、最も夜明けの遅い日でございますから」

冬至だ。この日を境に、夜明けは少しずつ早くなっていく。ウオルシュは頷いて手早く徴税報告の書類に署名を入れ、大臣に手渡した。大臣が、次の案件を奏上した。

「その、冬至の宴《うたげ》のことでございますが…」

宮廷でも、これは通例行事だ。昼ではなく夜に行われる宴のため、これなら王出席で開催できるのではないかと大臣が提案してくる。けれど、ウオルシュはそっけなく棄却した。

「わざわざ行うほど重要なものではない」

「し…しかし」

貴族たちが着飾って集まるだけだ。そんなことに時間を取られるくらいなら、書物をひも解いているほうがまだ有益だとウオルシュは思う。

「ただし、神殿には供物を奉納するように」

「は…」

赤毛にずんぐりした身体と小さな目で、少しおどおどした様子の大臣は、残念そうな顔をする。貴族たちは華やいだ行事が好きなのだ。

舞踏会、観劇、演奏会…芸術を好んだ父王の意向に倣《なら》い、宮廷は常に何かしらの催しがあった。跡を継いだウオルシュも、特にそれを中止させることはなかったが、賑やかな宴にはあまり興味がなかった。

――だが、大臣たちは開催したいのだろうな。

貴族や庶民の楽しみを奪いたいわけではない。ウオルシュは片肘を突いたまま、まだ未練がありそうな大臣に告げた。

「どうしても冬至を祝いたいなら、私は出ないが、好きにやればよい」

「陛下…」

大臣たちは、一年前から始まった〝夜の政務〟に、とても緊張している。

それまで、夜ごと着飾って踊ることを楽しみにしていたのだ。それが、今は〝昼に姿を現さない王〟のために、寝静まった夜更けに謁見や会議が行われている。呪いは、呪いそのものだけでなく、宮廷に暗い影を落とした。

ウオルシュは、大臣や貴族たちが〝受難を負った王〟を気の毒がっているのを知っているが、彼ら自身も、決して楽ではないだろうと思っている。

民に知られてはならない秘密を抱え、真夜中に務めを果たさなければならない彼らの気苦労は絶えないだろう。一緒になって騒ぐ気はないが、慰労はしてやりたい。

　しかし、彼らの負担を減らすためには、まず自分が効率よく指示を出しておく必要があるのだ。

「ほかに、急ぎの案件はあるか」

　今日は、謁見が長引いたせいで時間が押している。もうすぐ、水晶城へ戻る用意をしなければならない。

　大臣は、謁見希望者の名を挙げた。

「実は、ヴァル山脈のふもとの村で水枯れが起きておりまして…その件で領主がご相談したいと…」

　大臣が訴状を差し出す。ヴァル山脈は、騎馬民族の国との境目にある山々だ。ウオルシュは書面に目を通したが、つらつらと窮状が述べられているだけで、原因は書かれていない。

「川の上流のどこかが堰《せ》き止められていないか、調べたのか？」

「はい。ですがそれらしいものは見当たらなかったようで…」

「井戸はあるのか？」

「あ、いえ。実はそこまでは聞いておらず」

「…」

　原因がわからず、領主はお手上げで王に頼ったらしい。ウオルシュは書面を大臣に返した。

「謁見を許す。来る時に、井戸で代用できるのか、水がもたなくなるのはいつまでかを、きちんと調査しておくように伝えておけ」

「は…かしこまりました」

　農閑期の間、必要な水は生活用水だけだ。もし井戸が使えなくなっていたとしても、飲み水だけなら雪で賄うことができる。

　春になれば雪解け水が流れてくるかもしれない。けれど、もし水脈が移動していたら、水路を引かないと畑作ができなくなってしまう。

　治水の技術者と水脈を探すのに長《た》けた者を、都から派遣しなければならないかもしれない。ウオルシュは、該当する技術者や職人のリストアップも大臣に命じた。

「できれば、謁見の場に同席させたい。急いで探しておくように」

「かしこまりました」

大臣の隣では、命じられたことを忘れないように、口述筆記の書記官が、さらさらと羽根ペンを走らせている。

やがて侍従の持つ鳥籠で、白い鳥が一声啼《な》いた。

「陛下…お時間でございます」

ウオルシュが頷くと、その場に控えていた役人や貴族が、一斉に頭を下げた。

ウオルシュは玉座から立ち上がり、数段下りると謁見の間を出ていく。その後ろにはふたりの従者と、刻限を告げる侍従、大臣とその書記官が続いた。


ウオルシュは階段を上り、王城の最上階にある王の居室へと向かう。全ての階段と回廊の両端に蠟燭が灯されているが、夜明けを告げる薄闇に変わり、金色の手すりも飾り柱も、その鮮やかな色がはっきり見えるようになっていた。

華やかな青い壁と同じ青色の扉があり、観音開きの扉には左右それぞれ浅黄色のチュニックを来た兵士が立っている。槍を持った兵士は王の姿を見ると、ガチッと音を立てて槍で床を打ち、くるりと角度を変えてその扉を開いた。

開かれた部屋は、美しい蔦模様の透かし彫りで作られた鎧戸《よろいど》が印象的な空間で、暖炉の前には何百色という色糸で織られた大きな絨毯が敷かれ、そこには山積みになったクッション、壁の奥には絹のカーテンで仕切られた豪奢な寝台がある。

正面の窓一面にしつらえられた鎧戸を、宮女たちが次々と開く。大きなアーチ状の窓からは、明けていく暁《あかつき》の空が見えた。

扉の前で、大臣と従者たちが深々と頭を下げる。

「では、我々はこれで……」

「……」

大臣はいつも、鷹の姿に戻る前のウオルシュを気の毒そうな顔で見る。

自分はそう悲惨な暮らしをしているわけではないのだから、そんなに気に病まなくてもよい、と思うのだが、結局かける言葉が思いつかず、そっけない返事になってしまう。

「うむ。ではあとは任せたぞ」

「は……」

ウオルシュの左右両側から、従者がベストを取り、胸元の飾り釦を外していく。

「あとはいい…」

もうすぐ、太陽が地平線を照らす。ウオルシュは従者を下がらせ、適当に上着を肩から滑り落とした。

身体をふわりと何かが包む。一瞬風が起こると、ウオルシュの姿は大きな黒茶色の鷹に変わる。

眩《まぶ》しい朝焼けが青と金の王宮を照らし、ウオルシュは逞しい翼を広げた。

世界は白き神の光を浴びて暖められる。けれど、ウオルシュには届かない恩寵だ。ばささ、と鈍い羽音が響き、飛び去っていくウオルシュの背後で、ふたりの従者が深く頭を下げた。


水晶で飾られた白亜の別城は、国境にある。夜明けと共に王城を出ても、着く頃にはすっかり朝だ。ウオルシュはきらきらと朝陽が反射する雪原の中を飛び、水晶城に戻った。

バルコニーから大広間を飛び、寝室に戻ると、いつもなら賑やかに出迎えてくれるオゴーニが、おろおろしている。

「あっ、王さま」

「どうした？」

「それが…」

オゴーニの足元を見ると、石の床に桃色の小鳥が落ちている。触れることのできないオゴーニは、水晶の中に縮こまってウオルシュを見上げげた。

――エナガ…。

「倒れたんです。昨日の夜中に訪ねてきて…」

慌てて嘴でそっと摘み、寝台に乗せる。エナガはぐったりしたままだ。

――どうしたのだ…。

病だろうかと案じると、きゅるきゅる…と小さく腹の鳴る音がした。

「おそらく、ちび助は、腹が減って目を回したんだと…」

どういうことだろうと、オゴーニのほうを振り向くと、炎の精霊は水晶の中から説明した。

「こいつの一族は、どうやらこの冬の蓄えが少なくてみんな腹を空かせているようなんです。ちび助が森を出てきたのも、食料を探すためだったようで…」

――あのベリーか…。

ウオルシュはエナガが重そうに運んでいた真っ赤な実を思い出した。随分欲張っていると思っていたのだが、あれは仲間のためだったのだ。

「ちび助のやつ、仲間に食わせるために、自分の分は我慢していたみたいなんですよ」

オゴーニの同情の混じった声を聞きながら、ウオルシュは窓辺に置かれていた小さなベリーの実を思い出していた。

ではあれは、忘れていったわけではなかったのだ。

――私のためにか？

次に来た時も、エナガは小さな身体で一生懸命ベリーを枕元まで運んでくれていた。ウオルシュは今まで気にもかけていなかったことが、エナガにとってはとても大切なことだったのだと気付いた。

「何か食べるものをと思ったんですが、この城はおいらが食べられる古い木材しかないし…」

オゴーニは燃やすものしか受け付けないし、ウオルシュも鷹の姿でいる間は食事をしない。城の中には、本当に何の食料もないのだ。

ウオルシュはシーツに沈まりかけた小さなエナガを一瞥《いちべつ》すると、オゴーニに窓を開けさせた。

「食べられそうなものを探してくる。エナガを温めていてくれ」

「かしこまりました！」

バサッと大きな翼を広げて城の外に出た。

春になれば草原が顔を出すが、冬は見渡す限り雪が覆う。国境の向こうに森が広がっているが、葉を落とした枝が雪に固められて真っ白だ。針葉樹も雪を被っていて、食べられそうな実はどこにも見えない。

「……」

高度を上げ、鋭い眼で見渡しても、獲物はどこにもいなかった。冬の森は、本当に食べられるものが少ないのだ。

ウオルシュは広がる銀世界を飛びながら、エナガが小さなベリーの実ひとつを見つけるのにも、どれだけ大変だったのかをようやく察することができた。

――あの実は、どうしただろうか。

窓辺に置かれた赤い実がどうなったか、よく憶えていない。ウオルシュにとってそれは、気にかけるほどのものでもなかった。

だが、エナガにとっては大切な食料で、それを譲るのは精一杯の気持ちだっただろう。そう思うと、今さらだが申し訳ない気になる。

それに、鷹の大きな翼で飛んでも森まではけっこうな距離がある。エナガの棲む場所がどのあたりにあるのか知らないが、最初にベリーの実を咥えてよたよた飛んでいたのを思い返すと、水晶城まで来るのは、かなり大変なことだろう。

――ただ、よく寝る小鳥だと思っていたんだが。

もしかすると、来るだけで疲れて、それでぐっすり眠っていたのかもしれない。

それも、自分の〝湯たんぽ〟になるために来ていたのだ。

《だって、王さま、寒いでしょう?》

まるでそれが当たり前のことのように、エナガは自分の身体で温めると言い出した。何の関わりもない、森の外の人間にだ。

――随分、お人好《ひとよ》しな奴だと思っていたが…。

寒そうだから…お腹が空いているかもしれないから……エナガはごく自然に、誰に対してでも優しくできるのだ。

食料を探して飛びながら、ウオルシュはエナガと出会ってからのことを次々と思い返していた。

向けられた警戒心のない微笑みも、無邪気に毛並みに潜り込んでくる感触も、心をきゅっと締め付ける。

自分はそんなエナガに、勝手な感情で怖い思いをさせてしまったのだ。

――エナガ……。

随分遠くまで飛んだが、結局食べられそうなものは何も見つけられなかった。ウオルシュは傾いてきた黄色い陽射しで時間を測り、城に引き返してエナガを王城へ運ぶことにした。

そこなら食べるものには困らないし、自分が政務を執っている間に、誰かにエナガの看病をさせることができる。

寒くないように敷布でエナガをくるみ、頑丈な爪でそっと摑んで、ウオルシュは夕焼けが広がる空を、王城へと飛んだ。


王城に着くと、ウオルシュは侍従にエナガの介抱を命じた。

「私の部屋に寝かせておけ。湯あみと着替え、充分な食事を用意しておくように」

「かしこまりました」

もう部屋の扉の向こうには、大臣や貴族たちが待っている。ウオルシュは衣服を整えると、そのまま政務に出た。

部屋に戻ってきたのは真夜中をだいぶ過ぎてからだ。急いで切り上げたが、夜明けまではもう二刻を切っている。ウオルシュは黒い上着の裾をなびかせながら階段を上り、最上階の居室へと向かった。

後ろについてくる従者たちに命じる。

「あの者はしばらく城に置いていく。昼の間に医者に診せ、世話をするように」

「かしこまりました」

扉番の兵士が左右に扉を開くと、いつもはすぐに飛び立てるように開けてある窓が、透かし彫りの鎧戸で閉められていて、代わりに部屋の中は昼間のように明るかった。

天井のあちこちに、丸いガラス灯籠《とうろう》が吊り下げられていて、中で蠟燭の炎が輝いている。

壁側の暖炉には薪《まき》がくべられ、赤々とした火が揺れている。飾り柱で囲まれた絨毯の上には、取っ手のついた金の盆があって、そこには葡萄やさくらんぼ、イチジクや瓜《うり》、オレンジなどが山盛りになっている。どれも、季節が過ぎても食べられるように、王宮の貯蔵庫で保管されているものだ。

ウオルシュは、暖炉の反対側にある寝台に目をやった。一段高くなっている場所で、寝台は壁をくり抜いたように奥まった造りになっている。寝台には分厚い絹の布団が何重にも敷かれ、その中に埋もれて、ピンク色の髪が見えた。

どうやら、エナガは人間の姿に戻っているようだ。ウオルシュは従者を下がらせ、自ら絨毯に置いてあった金の盆を持って寝台に向かった。

「エナガ…」

「あ、王さま！」

布団の上から、エナガが身を起こす。ウオルシュは近づいて布団の上に金盆を置き、エナガの髪を撫でた。

「具合は大丈夫か？」

触れるとエナガは金色の瞳を大きく見開き、頬を桃色に染める。

きらきらして、まるで初夏に実る桃そのものだ。

「はい、大丈夫です」

見つめてくる瞳が潤んで綺麗だ。思わずウオルシュも見惚れてしまったが、エナガのお腹がきゅーっと空腹を主張する。

「まだ何も食べていないのか？」

お前のために用意したのだから…と金盆を目で示すと、エナガはつぶらな瞳をまん丸にした。

「すごい……食べていいの？」

「もちろんだ」

ぱあっとエナガの顔が輝き、わーい、と喜んだまま、目を瞑って口を開けた。

まるで、餌《えさ》を待つ雛鳥のようだ。

——う……。

ウオルシュの心臓に、いきなり砲撃がくる。

——な……。

「…？」

目を開けたエナガは小鳥の時のように小首をかしげている。まるで当たり前のように口に入れてもらうのを待っていて、ウオルシュは柄にもなく狼狽《うろた》えながら、エナガが持ってきていたのと同じ、赤いさくらんぼを選んで口元に運んでやった。

「んーっ、美味しい」

「……そうか」

——可愛い……。

どういうことだろう。小さな口いっぱいにもぐもぐと食べるさまも、まだ食べさせてもらえるものだと思い込んでいる無邪気な仕草も、何もかもが反則的に可愛いのだ。

——どうしてだ。こんなことに…私がドキドキするなど……。

おかしい…そう思うのに、エナガに食べさせてやりながら、どうかすると無意識にその唇に指先が触れてしまう。

「王さま？」

「……なんでもない。美味《うま》いか？」

「うん！　こんなに美味しいもの、食べたことないです」

「……そうか……」

目が離せない。エナガが嬉しそうに笑うだけで、目がチカチカする。

——私は一体、どうしたのだ。

エナガの笑顔に吸い込まれて、見ているだけで胸がキュンとするのだ。

甘い砂糖菓子のような金色の瞳。瑞々しい桃のようにきらきらした髪。小さな唇も白い喉元も、今すぐ食べてしまいたいくらい可愛いと思えた。

「あ、ぼくばっかり食べてごめんなさい。王さまも、お腹空いてないですか?」

せっせと口元に運んでやっていたら、エナガはようやく落ち着いたらしい。今度はウオルシュの心配をしている。ウオルシュは胸をざわめかせたまま苦笑した。

エナガは相変わらずお人好しだ。すぐ他人のことを心配してしまう。

「…私は空腹ではないが、味わってみたいな」

「え?」

葡萄の粒を頬張って甘い汁の滴った唇を、悪戯のように指でなぞる。エナガはピクリと身体を緊張させている。

《驚かさないように、そーっと……》

オゴーニの忠告が脳裏をよぎり、ウオルシュはゆっくりと近づいた。

指で上唇を僅かにめくり、怖がらせないようにもう片方の手でエナガの身体をそっと抱き寄せる。

唇で味わいたいのだとわかるように、息が掠《かす》めそうなほど近づいてから、エナガに聞いてみる。

「……嫌か?」

ふるふる…とエナガが首を横に振る。頬を桃色に染めて見上げられると、ウオルシュの中にたまらない感情が込み上げてきた。

激しく貪ってしまいたい…けれど、それを抑えてそっと唇を重ねる。

「ん…」

拒まない唇は、しっとりとウオルシュを受け入れた。それは、強引にキスした時より、ずっと脳を蕩かせるような心地よさだ。

「…ん……ふ…」

甘い吐息が小さな唇からこぼれて、耳を爛《ただ》らせる。ウオルシュはエナガの背中をもっと引き寄せ、小さな頭を抱いて髪を掻《か》き混ぜながら、愛《いと》おしさのままに何度も唇を食《は》んだ。

「ん……っ……は…ぁ」

どんどん身体が重なっていき、エナガの手がウオルシュの腕を抱きしめる。それが、ウオルシュにはたまらない快感になった。

——エナガ…。

頬を掠める吐息が、淫らに震えている。少しずつ、抑えていても舌がエナガを求めてまさぐってしまう。もっと、もっとエナガを深く自分のものにしたい…。

「…ん、ぁ……王さ、ま……」

どうしてこんな時ばかり、服を着せてしまったのだろう。侍従を恨めしく思いながら、エナガの背中からチュニックをたくし上げて剝がしてしまおうとすると、上擦った呼吸を漏らしていたエナガが、ぐいっと手で押し返してきた。

「王さまったら…」

——…もしかして、早すぎたか……。

接吻を受け入れてもらえたから、もう充分かと思っていたのだが、まだ駄目だったのかもしれない。ウオルシュはエナガの反応に従って、身体を離した。

エナガがつぶらな瞳で真剣な顔をしている。

「もう、王さま、順番を間違えてます」

「え?」

「キスするでしょ、それから抱き合うでしょ…でも、一番最初は、告白からなんですってば」

エナガはそれが決まり事でもあるかのように説明しはじめ、にこっと笑って両腕を摑んでくる。

「ちゃんと告白からしなきゃ」

――何を言えというのだ…？

返事をしかねていたら、エナガが小首をかしげる。

「王さまは？　ぼくのこと好きですか？」

「あ、ああ」

エナガは嬉しそうに笑うと、伸び上がって頬にチュっと唇を寄せた。

「ぼくも好き!!」

ドクン、と胸に衝撃が来る。ウオルシュは、頬のあたりが熱くなるのを止められなかった。

こんなに冷静でいられなくなったのは、初めてだ。

「私もだ」

「ダメですよ。ちゃんと〝好き〟って言ってくれないと…」

言って、言ってと何度もねだられて、ウオルシュは根負けして抱き寄せた。

耳元でエナガにだけ聞こえるように囁《ささや》く。

「ああ、好きだ」

「んっ」

エナガが思わず目を閉じてビクンと反応する。その感じ方が可愛くて、ウオルシュは耳介《じかい》を甘嚙《が》みした。

「ひゃ…っ」

「敏感な身体だな…」

「や…もう、なんでそんなことするんですか」

「好きだからだ」

エナガがこんな反応をするのなら、もっと言いたい。一度口にしてしまうと、愛情を言葉にするのにためらいはなくなっていた。

むしろ、露悪的なほど感情を言葉にしたくなる。

こんなことは、今まで誰に対しても起きなかった感情だ。

「王さま…」

「ウオルシュだ。名を呼べ」

エナガに名前を呼ばれたい。その響きを味わいたい…切望して見つめると、エナガはうっとりと微笑んで、首に腕を回してきた。

「ウオルシュ……」

「もう一度呼べ」

エナガがぷくっと頬を膨らます。

「もう、王さまは威張りすぎです」

め、とあまり迫力のない瞳で睨まれる。

「威張るから、怖いんですよ。きっと」

「……」

そう言われると、反論できない。威圧感があるのは自覚している。

「命令がよくないんだな…？」

エナガは頷くと、まるでウオルシュの真似をするように、耳元に唇を寄せて笑う。

「そういう時はですね〝呼んで〟っていうんです…」

「……っ」

腰まで落ちてくるぞわりとした快感に、ウオルシュはだいぶ辛抱させられた。

——こいつ…。

エナガは、色気のかけらもなさそうな姿をしているくせに、行動は無自覚に艶めいている。囁く甘い声音も、すんなりと絡めてくる腕も、かなり悩殺的だ。

襲われると硬直するくせに、甘えてくる姿は、誘っているようにしか見えない。

——なんて奴だ。

けれど、頼んでもエナガに囁かれたい…。ウオルシュは負けを認めて苦笑した。

「呼んでくれ…もう一度聞きたい」

「ウオルシュ…」

じゃれ合うように互いを抱きしめ、ウオルシュはエナガを抱えて寝台に寝転がった。

「もう一度だ」

「ウオルシュ…ん…っ」

なんて心地よく響くのだろう。ウオルシュは紡がれた声を吸い込むように唇を塞ぎ、小さな口腔を肉厚の舌で愛撫《あいぶ》した。

「ん……ん…ぁ」

怖がらせないように…と思いながらも、その熱い粘膜を味わうだけで、希求はいっそう激しくなってしまう。エナガが呼吸も絶え絶えに唾液を溢《あふ》れさせて感じているのを見ると、自分の興奮を収めるのが難しくなる。


——いや、だが……。

また一足飛びなことをして、エナガに嫌われてしまっては大変だ。それに、呪いが効力を発揮するタイミングを考えても、潮時だと思う。

——ゆっくり、もっとエナガに愛を伝えなければいけない。

エナガには大切なことを教えてもらった。愛情は、言葉や態度にしないと伝わらないのだ。

エナガに身も心も全て委ねてもらうためには、もっと自分の気持ちを丁寧にエナガに伝えなければならないと思う。

そうしたらきっと、怖がらせずに抱けるだろう。

かなりの忍耐を要したが、ウオルシュは涙目のエナガから唇を離し、そっと寝かせたまま髪を撫でた。

「しばらくここで暮らすといい。私はまた夜に戻ってくる」

「ウオルシュ…」

夜明けまではあと半刻もなかった。ウオルシュは侍従を呼びつけ、エナガのために衣服や家具を揃《そろ》えるように命じた。

エナガの大好きな果物を欠かさないようにすることも忘れない。

「ゆっくり休んでおくんだぞ」

「ウオルシュ…」

今は、名を呼んでもらうだけで幸福感に包まれる。ウオルシュはエナガに微笑んでから、鷹の姿になった。

侍従たちが急いで鎧戸を開く。部屋はもう氷のような寒さで、ウオルシュは長居をしたことで、エナガや従者に寒い思いをさせたと反省しながら、水晶城へと飛び立った。

◆◆◆

金糸の刺繍が入った絹のカーテンに、ふかふかの布団がいくつも重ねられたベッド。重厚な黒大理石の床には、華やかな織の分厚い絨毯が敷かれていて、暖炉はいつでもパチパチと火が燃えていて暖かい。

エナガは、王宮の贅沢《ぜいたく》な居室で目を丸くしていた。

「王さまって、すごいんだなあ…」

ずっと、あのがらんとした水晶の城しか見ていなかったから、豪華絢爛《けんらん》な王城にびっくりだ。

ウオルシュは夜、政務を終えるとやってくる。その日も扉が開くと、後ろに綺麗な箱を捧げ持った従者を連れてウオルシュが戻ってきた。

「体調はどうだ？」

豪華な緋色の服を着たウオルシュは、精悍《せいかん》な瞳を和ませてエナガを見る。エナガはその姿に胸を高鳴らせた。

「すっかり元気になりました！」

暖炉の前の絨毯に座ったまま答えると、ウオルシュが近づいてすっと片膝を突く。重々しい黒テンのマントが床に美しいドレープを描き、手を伸ばされて顎を捉えられた。

――わ……。

「まだ頬が削《そ》げているのではないか」

確かめるように親指で頬をなぞられ、エナガはドキドキしながら顔を赤らめた。

鷹の時の面影を残す威厳のある顔立ちに、豊かな黒髪が肩のあたりまで流れ落ちている。国王の豪華な衣装に、まったく負けない迫力のある美貌だ。

「そ…そうかな……」

部屋には、いつでも食べられるように、盆に載った山盛りの果物が用意されている。

蜜漬けの果物でできたシロップ。木の実をふんだんに練った焼き菓子、香ばしいパン…毎日部屋に届けられる食べ物にびっくりだ。

――すごいなあ。

これだけ食べ物があったら、鳥族は何日お腹いっぱいでいられるだろう。ついそう思ってしまう。

けれどウオルシュは、そんなものは当たり前だとでもいうように、軽く流して微笑む。

「今日はお前の着替えを用意させた」

これへ…と命じると、後ろにいた従者たちは恭しく大きなリボンのかかった金色の箱を捧げ持って前に進む。辛子色のドレスを着た宮女たちがふわりとサテンのリボンをほどくと、箱の中から可愛らしい白いチュニックが出てきた。

「わ、きれい…」

宮女に着せかけられると、それは白地に金の縁取り刺繍をされたもので、普段エナガが着ているのと同じように、腰くらいの丈だ。

「気に入ったか？」

「はい！」

笑顔で返事をすると、ウオルシュも満足そうな笑みで頷く。けれど、次の従者の持つ箱からも衣装が出てきて、さらに後ろの従者も、そのまた後ろの従者からも、箱を開けるたびに色とりどりの服が出てきた。エナガは目をぱちくりと瞬く。

――こんなに？

身体はひとつしかないのに、カラフルな服が次々と披露され、宮女たちはしゃなりしゃなりとそれを衣装戸棚に納めていく。

ずらりと十人もの従者が空になった衣装の箱を持って下がると、次は小柄な老人が扉の前で頭を下げた。両脇に年若い男性を連れている。

「帽子屋でございます」

「帽子屋の弟子でございます」

「同じく、帽子屋の弟子でございます」

「はあ…」

衣装に合わせて帽子を作るのだという。宮女たちはまたしゃなりしゃなりと衣装戸棚から一着ずつ服を持ってきてはエナガの身体に当て、帽子屋はそれを見ながら、隣の弟子にエナガの頭を採寸させ、反対側の弟子が老人の言う通りのデザイン画を描き、素材と色を書き込んでいく。

「クジャクの羽根に、紫に染めたフエルト。ふちの刺繍は金糸と赤糸で」

弟子は時々、腰につけたインク壺に羽根ペンを漬けながらさらさらと筆記する。

「次！」

引き出された衣装は狩りの時に着るものだとかで、

マントの代わりに灰色のケープがついている。

「…ふむ。これは銀狐《ぎんぎつね》の毛皮とダチョウの羽根で」

毛皮ですっぽり被れる帽子《ウシャーンカ》にするらしい。目を丸くしている間、ウオルシュは絨毯に山と積まれたクッションにもたれて様子を見ていた。

ようやく帽子屋が下がったと思うと、観音開きの扉は開いたままで、次は靴屋が現れる。

「靴屋でございます」

「はあ…」

——まだ続くの？

おみ足を…と靴屋の弟子たちは足を計測するために、椅子と足台をエナガのところに持ってくる。丁寧に採寸されると、また宮女たちは一着ずつ衣装を戸棚から持ってきた。

「紺色の天鵞絨《ビロード》で」

「子羊の革に黒曜石をちりばめましょう」

「金色のリボンをつけて」

「空色のビーズを」

服に合わせて次々と靴のデザインが決められていく。けれど、聞いているエナガは豪華すぎてついていけない。

「あの……」

「どうした？」

そんなにたくさんあっても、服も靴も履き切れない。そう言おうと思うのに、ウオルシュは葡萄酒を片手に、ほかに欲しいデザインはあるかと聞いてくる。

「あ、いえいえ…全然」

「気に入らないか？」

「いえっ、すごく、可愛いと思います」

部屋はすでに贈り物で溢れている。

絹の寝間着。ふかふかの白兎《うさぎ》のスリッパ。エナガのための衣装戸棚と椅子、テーブル、エナガが小鳥になった時のための小さな金のゆりかごまで、どちらかといえば城の中でも重々しかったこの部屋は、まるで春の花園のように賑やかだ。

「気に入ったのならよい」

ウオルシュは錫《すず》の杯を金の盆に置くと、優美に身を起こした。

エナガの肩をそっと両手で包み、唇が触れそうなほど顔を近づける。

――わああ。

端正な顔で真正面から見つめられると、そのたびに心拍数が跳ね上がって、顔が熱くなったきり、元に戻らない。

「ほかにも、足らないものがあったら大臣に申し付けるといい。すぐに用意させる」

「…王さま……ウオルシュ」

甘く見つめられて、思わず目を瞑ると唇が触れる。

「…んっ」

――え……。

心地よい弾力と温かい感触が唇を塞ぐ。両肩を覆っていた大きな手は、背中と後頭部を抱えてウオルシュのほうに身体ごと引き寄せられた。

「ウ…ウオルシュ……あの……」

人がいる。時計鳥を持った侍従や宮女たちがこんなにいるのに、何故かウオルシュは平気でキスしてくるのだ。エナガは顔を赤らめながら抗《あらが》った。

「だ……だめですってば……」

「何がだ？」

顔を背けるように唇から逃げるが、そのままうなじや鎖骨のあたりに顔が埋められて、唇が肌をなぞって煽ってくる。

「……は……っ……」

腰がゾクゾクと震える。がっしりと摑まれた手にも感じてしまい、エナガは声を押し殺してウオルシュの服を摑んだ。

「…だ……」

――人が見てるんだから……。

こういうのは、ふたりだけの秘め事だ。そう思うのに、ウオルシュは一向にかまう様子がない。

「夜が明ければ味わえなくなる…」

「そうなんだけど…ぁ……っ…」

――ウオルシュは、慣れてるんだろうけど…。

着替えから移動まで、王の周りは常に宮女と侍従たちが傅いて仕えている。ウオルシュにとって、人がいるのは特別なことではないのだろう。

――だからって……。

衆目の中であられもない声を上げさせられるのは恥ずかしい。

「や…だ、……だ……」

逃げようとすると、背を抱えていた手が尻たぶを摑んでもっと強引に引き寄せられる。唇は悩ましく肌を吸い、エナガの吐息が震えた。

「…ぁ……」

抱き寄せられる力と、熱い粘膜の感触に逆らえない。愉悦に涙が滲《にじ》んできて、エナガはふるふると震えながら愛撫に耐えた。

「……ぁ、だめ、だってば……」

「エナガさん、間もなく夜が明けましてよ。陛下はもうお出かけにならなくてはなりません」

「時計鳥さん…」

王宮の時間を決める白い鳥は、代々城で飼われている『時計鳥』という名前だ。

時計鳥は、人間に正しい時間を告げることをとても誇りにしている。城は彼女の報せる時間をもとに動いていて、そのために黄金の鳥籠の中で、大切に世話をされているのだ。

時計鳥の言葉に、ウオルシュは静かに唇を離し、息を乱しているエナガを見た。

「……嫌だったのか？」

「ウオルシュ……」

ウオルシュの問う声は残念そうだ。そんな顔を見ると、心が慌てる。嫌なのはウオルシュではなく、ひと目をはばからないこの状況なのだ。

「あの……」

——でも、ふたりきりになれる場所はないんだ……。

ウオルシュが人間の姿でいて、自由に使える時間は、政務が終わってからのほんの僅かしかない。鷹の姿でいる間も触れ合えるけれど、こんな風にキスしたりはできない。

自分だって、〝湯たんぽ〟ではなく、ウオルシュと人の姿で抱き合っていたい。けれど、それをどうしても上手に言葉にできなかった。

「……また、怖がらせたのなら謝る」

「ううん。違う…」

——ああでも、なんて説明したらいいんだろう。

ウオルシュには、この羞恥心がわからない。けれど、生まれた時から王子として育っている人には、たとえ説明しても、共感してもらうのは難しいかもしれない。

ウオルシュの視線に、目を合わせることができなくて俯く。ウオルシュは小さく溜息《ためいき》をついてその場を離れた。

「ウオルシュ…」

「陛下お早く。もう朝陽が差し込んでしまいますわ」

「今行く」

鎧戸という鎧戸が全て宮女たちの手で開けられ、窓辺に向かったウオルシュの身体は薄く灰色の膜をまとって、一瞬で鷹の姿になってしまった。

「ウオルシュ！」

「養生しておけ。また夜に戻る」

「あ……」

ウオルシュは水晶城へと飛び立ってしまう。エナガは言葉が見つからないまま見送るしかなかった。


――どうしよう。


「なんて言えばいいのかなあ」

エナガは日中、うろうろと居室を歩き回って考え続けた。どうにか、ウオルシュの誤解を解きたい。

「ウオルシュが嫌なんじゃなくて、そういうことはほかの人のいない時にやって……って言えばいいのか」

前の時は人がいなかった。

――そうでなくても、閨《ねや》ならともかく、あんな場所でっていうのはないよね。

とにかく〝恥ずかしいから嫌〟というのをわかってもらわなければならない。

――嬉しいんだけど。

抱き寄せられるのも、くっついていられるのもとても嬉しい。だから、きちんと気持ちを伝えたいと思ったのだが、どうもタイミングが合わなかったようだ。ウオルシュは日暮れと共にまた戻ってきたが、着替えるなりさっさと政務に出てしまった。

――王さまなんだから、しょうがないか……。

けれど、ぽつんと置いてけぼりになってしまったエナガはがっかりだ。

ずっと夜中じゅう待ち続けて、エナガがもう一度ウオルシュに会えたのは夜明け直前だった。

「ウオルシュ！」

「エナガさん、もう夜明けですわ。陛下はお時間がございません」

「そんな…」

鎧戸が次々と開けられ、話しかける間もない。エナガは力んで声をかけた。

「ぼくも水晶城に行きます！」

「別城は遠い。来なくてもよい」

「ウオルシュ！」

ウオルシュは振り返りもせずに飛び立っていく。

「待って！」

エナガは泣きそうだ。

「エナガ様。大丈夫ですよ…陛下はまた夕刻にお戻りになりますから」

まずはお身体を大事になさらないと…と赤毛の大臣が慰めてくれる。けれど、もう身体なんかすっかり元気だ。

――ウオルシュに、嫌われちゃったのかな。

嫌だと口にしたことが、そんなに不興を買うことだっただろうか。人目を恥じることは、そんなに間違っているだろうか。

――わからないよ…。

見知らぬ場所と、育った世界とはまったく違う価値観に、エナガはついていけない。

――ぼくが間違えたのかな……。

聞きたくても、誰にどう聞いていいのかわからない。エナガは心細くて涙が滲んだ。

――ウオルシュ……。

その日の夕刻には、もう起き上がる元気もなくなていた。エナガは壁をくり抜いたような寝台の奥に引き籠もって、鷹の姿が窓から下りてくるのをそっと眺めた。

ウオルシュはちらりとこちらを見るけれど、声をかけるでもなくそのまま着替えて出ていく。

にこりともしない表情で、まっすぐ政務に向かう横顔を見ていると、拒絶されたようで声をかけられない。

――やっぱり、怒らせちゃったんだ。

寝具の中で、小さく丸まってしまう。

部屋の中はひと気がない。大臣や侍従たちは王について広間に行ってしまったし、宮女たちも下がってしまった。

しんとした部屋は、いくら豪華でも少しも楽しくない。

――殻のおうちに、帰りたいなあ。

森に逃げ帰りたかった。ウオルシュとほとんど一緒にいられないなら、森を出てくる意味なんてない。

――みんなも、今頃心配してるかも…。

もう何日も戻っていないのだ。今頃、探されてしまっているかもしれない。

「……」

帰ったほうがいいのではないか…そう思うのだが、ウオルシュがまったく自分を見てくれないこの状態で、ここを去る決心がつかない。

このまま森に戻ったら、本当に二度と話せなくなってしまうんじゃないかと不安になるのだ。

――どうしよう…。

ここにいるべきなのか、森に帰るべきなのか、それもわからなくなってしまった。

「…ウオルシュ……」

ぐすん、とべそをかく。いつまでも寝台に籠もって、ごしごしと涙を拳で擦っていると、ふいに頭上から低い声がした。

「どうした…具合が悪いのか？」

振り向くと、ウオルシュが少し案じた顔をしている。エナガは瞳に涙を盛り上げた。

「ウオルシュ……っ……」

大きな手が労《いたわ》るように頭を撫でる。エナガは涙をこらえながらその手を摑んだ。

「…ごめんなさい」

「どうした？」

問い返す声は穏やかだ。

「大臣が、エナガが伏せっていると知らせてくれたのでな……」

政務の途中で、様子を見にきたのだという。エナガは鼻をすすりながら謝った。

「ごめんなさい…具合じゃないの」

——ウオルシュ…怒ってない？

ウオルシュの表情は静かで、どうして謝るのかと聞いてくる。エナガは寝台の中から小さく答えた。

「ウオルシュに嫌われちゃったかと思って…心配で」

王は少し目を見開いて驚いた顔をする。

「…どうしてだ？　嫌がられたのは私のほうだと思うのだが」

「嫌がってなんかない」

エナガはがばっと起き上がる。

「この間のは、ウオルシュのことを嫌って言ったんじゃないんだよ」

「ではなぜ…」

「だって、みんなの見てるとこでキスなんて」

それはひっそりとふたりだけでするもの…と言うとウオルシュは本当に驚いた顔になった。

「鳥族は、人前で接吻も禁止なのか…」

「……あ、いや……そうじゃないけど」

キスはする。抱擁も、人がいてもしている。

――あ、あれ…じゃあ何がダメなんだっけ。

先日のことも、部類としては同じだ。服を脱いだわけでもないし、接吻以上のことはしていない。

「お前を驚かさないように、もっとゆっくり愛情を伝えるべきだと反省していたのだが…」

そんな決まりがあったとは知らなかった、とウオルシュは言い、謝ってくれた。

「他所《よそ》のしきたりは聞かなければわからない。悪かったな……」

「ううん。そうじゃないの…決まりとかではなくて」

エナガはウオルシュにぎゅっとしがみついた。

「ぼくも本当はこうしたかったんだけど……やっぱりほかの人がいるところだと、ちょっと恥ずかしくて」

「恥ずかしい？」

「うん。ウオルシュは、恥ずかしいとか思わない？」

「……考えたこともなかったが」

湯あみひとつでも、王には何人もの召使いたちが世話につく。人に見られて恥ずかしいという感覚は、やはりないらしい。

「だが、お前が嫌だというなら、もう他人のいるところで接吻はしない……それでよいか？」

「うん」

ウオルシュが苦笑した。

「ほっとした」

「？」

「また、何か傷つけてしまったのかと思ってな」

性急すぎてしまったかと、反省していたのだと言う。エナガは頬を寄せて笑った。

「なんだ…ふたりで同じことを考えてたんだ」

「お前も何か反省していたのか？」

「うん。嫌われるようなことしちゃったかもって、悩んでた」

寝台に腰かけ、抱き寄せられて撫でた髪を掻き混ぜられる。

「お前を嫌うなど、有り得ない」

「本当？」

「もちろんだ。大切だと思ったから、反省していたのだから」

「ウオルシュ……」

名を呼ぶ声が甘くなる。心配した分、余計愛おしさが増した気がした。

ウオルシュは抱擁しながら囁いてくれる。

「よかれと思って距離を置いたつもりだったのだが、心配させたのなら、すまなかった」

「ううん……」

ウオルシュの胸に顔をすり付けるようにして甘え、エナガは頷いた。ウオルシュは王だから、ちょっと自分たちとは感覚が違っただけなのだ。

部屋の入り口のほうで、大臣の咳払いする声が聞こえて、エナガは慌てて身体を離し、ウオルシュを政務に押し戻した。


翌日。ウオルシュは政務を終えて水晶城に戻る時、エナガに告げた。

「今宵は、冬至の宴がある」

冬の宮廷で一番華やかな祭りだから、参加して楽しむといい…と言われてしまう。

「ウオルシュは…？」

「私は、今宵は帰城しない」

——え、じゃあぼくひとりで出るってこと…？

きっと、ウオルシュはあの地下の書庫でひとり静かに本を読むのだろう。エナガは眉をハの字にしてウオルシュを見上げた。

――ぼくは、お祭りよりウオルシュといるほうがいいのに…。

離れがたくて、袖をぎゅっと握る。けれど籠の中の鳥が警告した。

「さあ、陛下、お急ぎください。白き神が地平線を照らしてしまいます」

鳥語でせっつかれ、ウオルシュもそっと握った手を上から包み込んで外してしまう。

「私のことなら心配要らない。明日にはまた来る」

「ウオルシュ…」

ウオルシュはすっと立ち上がると、肩からマントを外した。素早く従者が両脇から駆け寄ってきて、上着を受け取る。

ざわざわとウオルシュの周囲に冷気が立ち込めはじめる。同時にウオルシュの姿は鋭い爪と嘴を持った鷹の姿に変わり、宮女たちは次々と鎧戸を開けた。

金色の剣のような光が地平線から空へと伸び、夜が明ける。ウオルシュが羽ばたくと、氷のように冷たい風が吹いて、侍従や宮女たちの裾をはためかせた。

「ウオルシュ！」

朝陽を浴びて、茶褐色の鷹はみるみる遠くへと飛び去っていく。エナガはそれを窓から見送った。

――……。

王城の暮らしは、とても豪勢だ。

けれど、山のような贈り物より、食べきれないほどのご馳走より、本当はウオルシュと一緒にいたい。でも呪いがある限り、ウオルシュは昼の間、誰とも一緒に過ごせないのだ。

また、夜になるまで会えない。しかも今回は明日の夜までだ。しょんぼりとウオルシュの消えていった窓を見つめていると、大臣が励ますように近づいてくる。

「エナガ様、陛下は明日になればお戻りになりますよ。それまで、新しい服の仮縫いをいたしましょう」

「え、まだ作るんですか?」

仕立屋が別な部屋で待っていると言われ、エナガは呆れた。けれど大臣はにこやかだ。

「もちろんでございます。朝食用に夕食用、お出かけ用、舞踏会用…最低でも百着はないと」

「そんなに!?」

「城で暮らす者にとっては当然です」

茶色の長衣を着た大臣は、でこぼこの顔に小さな目とずんぐりした鼻がついていて、まるでじゃがいもみたいな見た目だ。エナガは大臣に先導されて部屋を出た。

「エナガ様にはわたくしめも、とても感謝申し上げているのです」

「?」

大臣は小さな目をぱちぱちと瞬かせて微笑む。

「ウオルシュ陛下が、誰かを城に連れてこられたのは初めてでございます」

——そうなんだ…。

「エナガ様がいらしてから、わたくしは初めて〝その服はどこで仕立てた?〟と尋ねられました。陛下は即位のご衣裳でさえ、任せるとおっしゃったきり、仮縫いすら疎んじておられましたものを…」

ウオルシュは、名を挙げた仕立屋にエナガの服を作らせた。

ようやく父王のように装いにご興味を持っていただけました…と大臣はさめざめと絹で涙を押さえな

がら、いかにウオルシュが暮らし向きにこだわらないかを嘆く。

「ご衣裳や調度品にご興味を示されるようになったのも、エナガ様のおかげでございます」

エナガに似合う色の服を、エナガのサイズに合わせた椅子や机を…と注文されて、大臣は嬉しくて仕方がないのだ。

「このまま、陛下のお部屋は味もそっけもない実利一辺倒の部屋になってしまうのかと…代々、どの王も内装を凝らしておりましただけに、残念に思っておりましたのです」

「…そうなんだ」

ポーリエは、こまごまと飾り立てるのが好きな民のようだ。柱という柱には全て植物や幾何学模様が彫り込まれているし、ガラス灯籠も、吊り下げる鎖やガラス球を支える台座には、いちいち細やかな装飾が施されている。今の部屋も充分素敵だと思うのだが、先王はもっと美しく飾っていたらしい。

「ウオルシュ陛下の代になった途端〝無駄だ〟と、調度品を次々と片付けるようにお命じになられてしまい…」

とてもがらんとしてしまったのです…と溜息をつかれると、エナガは心の中でびっくりする。

けっこう豪華だと思っていた王城の部屋でさえこんなに嘆くのなら、あの、寝台以外はほとんど何もない水晶城を見たら、大臣は号泣してしまうのではないだろうか。

「そういえば、エナガ様は水晶城にいらしたのでしたね」

「はい」

「ありがたいことです。わたくしどもは、別城への登城を許されていないので…」

陛下はご不便な暮らしをされていないだろうか……と大臣は案じる。どういうことなのだろうとエナガが聞くと、大臣はまた袖から絹を取り出して、目元を拭いながら話してくれた。

「陛下は国を守るために、呪いを自らの身に移す誓願を立てられたのです。我々のために、陛下がおひとりで呪いを背負われていらっしゃると思うと……」

申し訳ない、と大臣は嘆く。

水晶城は、ウオルシュが昼間に避難するようになってから、夏でも城の周囲の湖まで凍ったままになってしまったのだそうだ。

——だから、誰も住んでなかったんだ。

「炎の精霊以外は誰も随身できず、陛下おひとりで過ごされることを、ずっと気に病んでおりました。けれど、エナガ様がいらしていただけたのだと知って……」

ありがたくて泣けるのだという。

「あ、でも、ぼくはつい最近なんですけど……」

大げさな感謝に、エナガは恐縮してしまう。けれど大臣は下にもおかぬ扱いだ。

「陛下は、偉大なお力と類稀《たぐいまれ》な才知をお持ちでいらっしゃる……」

大臣は、いかにウオルシュが優れた王であるかをとうとうと説明した。けれど、そんな偉大な君主に、誰も近づけないことが、悩みなのだという。

「我々は、あまり陛下のお役に立てないのです」

「え？　そんなことないでしょ？」

大臣はしょんぼりした顔で俯く。

「いえ……」

ウオルシュは頭脳明晰《めいせき》で果断。公正で公平で私欲がない。要するに、非の打ちどころがないのだそうだ。

「おかげで、わたくしどもは、お手伝いすることしかできません」

大臣も、大勢の貴族たちも、難しい政治の話や戦の術《すべ》はよくわからない。ウオルシュの指示に従うのが精一杯だという。

呪いでさえひとりで引き受けてしまうウオルシュに、何もできないのが心苦しいのだという。

「けれど、こうやって最新の流行服を仕立てたり、美しい調度品を揃えることなら、自信を持ってお手伝いできます。これは、陛下はあまりご存じない分野ですから、お命じいただけたのは光栄です」

大臣はウオルシュの役に立てて本当に嬉しそうだ。

大臣は、はたと気付いて手を打った。

「そうだ。エナガ様に、まだお城の中をご案内しておりませんでしたね」

眺望のよい部屋や、舞踏会が開かれる大広間をご紹介しますよ…とにこやかに誘ってくれる。

「わあ、ありがとうございます」

「さあどうぞ、ご一緒に行きましょう」

両翼からゆるやかに螺旋を描く大階段。瑠璃色の壁。金で飾られた柱や天井。大理石の床も、よく見ると色の違う石を嵌め込んで模様を描いている。

「とってもきれいなお城なんですね」

「ええ。ウオルシュ陛下のお父上が、それはそれはこだわってお造りになった城でございますから」

父王の時代に、この国がどれだけ華やかな都になったかを、大臣はにこにこと説明してくれる。

「たとえば、ほら、この窓から街をご覧ください」

促されるままに窓辺から眼下を望むと、そこには大きな都が広がっていた。

「わあ…」

石積みの城壁がどこまでもぐるりと街を取り囲ん

でいる。

街の中には雪を被った三角屋根の木の家が連なっていて、通りは人だけでなく橇《そり》が行き交っていた。

上から見る街の人たちは皆おしゃれだ。

男の人は毛皮の折り返しがついた帽子を被り、暖かそうな毛織のマントを着ている。女性はまるで王冠のような半円形の頭飾り《ココシュニック》を被り、寒さ除《よ》けのスカーフを顎のあたりまでしっかりと巻いているが、その下のベストやドレスはとても色鮮やかだ。

赤や緑、金色で織られたドレスが、真っ白な雪に映えている。街の広場の周りにある廟《びょう》も、宮殿と同じように丸い屋根で可愛い。

――――卵みたいだ。

塔の窓を縁取る繊細な模様。まるで玉ねぎのような丸屋根も、二色、三色で塗り分けられていて、色のない雪の中で、春の花々のように目を惹《ひ》く。

若草色にピンク、ベビーブルーとイエロー。ペールオレンジに藤色とペパーミントグリーン……街並みはカラフルで、少しエナガたちの卵の色に似ている。

「すごくきれい…」

隣で、大臣が〝そうでしょう、そうでしょう〟と嬉しそうに頷いている。そして、どの建物がどんな芸術家の手によって設計されたかを、熱心に教えてくれた。

「廟では季節ごとに祭りが行われます」

長い冬を乗り切るために、美しい春を喜ぶために、短い夏を惜しむために、実り多き秋に感謝するために…それぞれ廟と街を飾り付け、人々が祝うのだという。

「…今は、できないのが残念ですが」

ウオルシュが近隣との戦いに勝ってくれたおかげ

で、この国は広大な領土と安定した暮らしが手に入った。けれど季節ごとに宴や祭りを楽しんでいた父王の頃と違って、政治にしか興味を示さないウオルシュに、貴族たちは少し寂し気なのだという。

「あ、決して不満があるわけではございませんよ」

ただ、国王が黙々と政務をこなしている時に、自分たちだけ浮かれて騒ぐのはとてもきまりが悪い。

「ましてや、陛下は国のために苦難を背負われていらっしゃるのですから……」

だから、大臣も貴族たちも、粛々とウオルシュの命令を遂行する。けれど時々、着飾りながら季節と共に大地の恵みに感謝して祝った、祭りや宴の日々を懐かしんでしまう。

「…こんなことを考えてしまうのは、誠に申し訳ないことなのですが」

絹を握りしめてしゅんとする、大柄の大臣を前に、エナガは見上げてうん、うんと同意した。

部屋の内装や大臣たちの服装を見ても、彼らが雪で閉ざされる冬に、カラフルな衣装や内装で暮らしを楽しんでいるのはわかる。そして、ウオルシュがそうしたことにあまり興味を持たなさそうなのも、同じようにわかるのだ。

大臣たちは、ウオルシュの厳しい声音に少しビクビクしているように見えた。ウオルシュのことを尊敬しているけれど、のんびりと平和に暮らしている宮廷貴族からすると、緊張する相手なのだと思う。

エナガの一族も、どちらかというと季節の恵みに合わせて穏やかに暮らしているので、彼らの気持ちはとても頷ける。

「呪いがある間は、もうお祭りはできないんですか?」

「陛下は、〝私にかまわず開催してよい〟とおっしゃるのですが…」

　そういうわけにはいかない、と大臣は絹を指先で弄《もてあそ》んだ。

「玉座が空のまま舞踏会を開くのも気が引けて……結局ここ一年は、何もしておりません」

　今夜の冬至のお祭りが、即位以来の催事なのだというが、やはり王不在での開催に遠慮があるらしく、大臣は済まなさそうな顔をしている。

　——みんなも、これじゃ楽しめないだろうなあ。

　かといって、呪いを背負って王の務めをこなしているウオルシュに、賑々しい宴にまで出席してくれとは言いにくいのだと思う。

　どちらの気持ちもわかるだけに、エナガもかける言葉が見つからなかった。

　——それにしても…。

　そもそも、どうしてそんな呪いを受けてしまったのだろう。エナガはずっと疑問に思っていたことを大臣に尋ねた。

　ウオルシュはあまり詳しくは教えてくれない。けれど、大臣はことの起こりから話してくれた。

「呪いをかけたのは、先の王弟、セーファス公の奥方、ディレッタ様でございます」

　ウオルシュの父とセーファス公は、双子の兄弟だった。銀色の髪と瞳を持つ美貌の兄弟で、兄は智をもって、弟は武をもって共に国を治めていた。

　けれど、セーファス公は兄を殺して王位を簒奪《さんだつ》しようとし、それを知ったウオルシュは公を投獄した。そして公は獄中で亡くなったのだ。

「ディレッタ様はそれを大変恨みに思われました。長らく国を守ってきた将軍に、どうして寛大な処遇ができなかったのかと…」

　寡婦となったディレッタは呪詛《じゅそ》した。

「それは〝夫のいない国に、もう二度と太陽は昇らせない〟という呪いでした…」

「そんな…」

「悪いことに、ディレッタ様は希代の呪術師だったのです」

しかも、ディレッタは絶対にその呪いが解けないよう、己の命を呪いの材料にしたのだ。

大臣はうなだれて床を見つめる。

「陽の光がなくなってしまったら、国中が闇と氷に閉ざされてしまいます。王はわたくしたちを連れ、すぐさま神殿にお詣りいたしました」

ディレッタのかけた呪いを解いて欲しいと神々に祈った。

「命で贖《あがな》われた呪いは強力でした。ただ、神々は呪いを解くことはできないけれど、その呪いをほかへ移すことならできる…と告げてくれたのです」

そこで、ウオルシュは国にかけられた呪いを己に移して欲しいと請願した。

大臣は俯いたまま、その時のことを教えてくれる。

「ディレッタ様の呪いで、国はいつになっても真っ暗でした……」

夜が明けず、人々は何が起きたのかと不安がって、軍が見張らなければならないほどだった。

「一刻を争う事態でした。このまま呪いが続けば、皆が国から逃げ出してしまうか、暴動が起きたでしょう。陛下に、選択の余地はなかったのです」

国全体にかけられた呪いは、同等のものに移し替えなければならない。国全体を統《す》べる王自身と引き換えにするしかなかったのだ。

「そんなことをしたら、ご自分の身が凍ってしまう。なのに、陛下はそれでもよいと仰せられたのです」

代わりに、国に太陽が昇るのならかまわないと言い、ウオルシュは自らその身を捧げ、そして願いは聞き届けられた。

「わたくしどもに王のような勇気はありません。ただそれを陛下の後ろで聞いているしかありませんでした…」

呪いを一身に負ったウオルシュに、神々の娘であるオーロラの三姉妹はいたく同情し、姉のウトレナが寒さで凍えることのない翼を授け、妹のゾーリャが黒の神にとりなして、夜の間は今まで通り人間の姿でいられるようにしてくれた。

「おかげで、陛下は凍りついてしまわずに済んだのです」

「そうだったんだ……」

「ディレッタ様のお気持ちもわからなくはありません。でも、あれは逆恨みというものです……」

セーファス公は処刑されたわけではない。あくまでも自害だ。

「牢《ろう》の中で、気が付いた時はすでに冷たくなっていたそうです。国王への謀叛《むほん》を働いたのですから、投獄は当然です。それに陛下はきちんと裁判を開いて、公の言い分を聞かれるご予定でした」

けれど、夫を失った妻は、恨みの矛先をウオルシュに向けてしまった。

「我々も、まさかディレッタ様がそんなことをするとは思いもよらず…」

窓から眺めるポーリエの都は、穏やかで平和だ。けれど、呪いが解けない限り、本当はウオルシュも大臣も、皆幸せとは言えないのではないか。

「……」

ウオルシュは、とても自分を大事にしてくれる。けれど、着きれないほどの衣装も山のようなご馳走も、本当の意味で心を満たすことはない。大臣たちが心のどこかで少し寂しい気持ちを持っているように、ウオルシュひとりが呪いを受けている時に、幸せだと感じることはできなかった。

――――水晶城に帰ろう。

ウオルシュは冬至の宴を楽しませてくれようとしているのだろうけれど、自分はウオルシュを温める〝湯たんぽ〟でいるほうが、ずっと幸せだ。エナガはするりと小鳥の姿になって窓辺に留まった。

「あ、エナガ様！」

「ピー」

ウオルシュのところに行く、と言ったつもりだが、大臣にはわからないだろう。けれどエナガは桃色の羽で雪景色の街へと飛び出した。

「お待ちください！　エナガ様！」

――――ごめんね。

じゃがいも頭の大臣が、大慌てで窓から手を振っている。王が帰城するまで待ってくれという声が聞こえたけれど、エナガはそのまま城壁に囲まれた街を飛び越えた。

街の外は真っ白な雪に覆われた平原が広がっている。エナガは冷たい空気に晒されながら高く飛び上がり、遥か向こうにある森と、水晶の城を目指した。

◆◆◆

ウオルシュは水晶の城の最上階で、羽を休めていた。陽が傾き、窓から見える夕空は綺麗なピンク色になっている。

「……」

まるでエナガの羽の色のようだ。ウオルシュは起き上がりながら人の姿に変わった。

上着を羽織って地下書庫へ向かう支度をし、桃色の髪をしたエナガのことを想う。

今頃、エナガは宴を楽しんでいるだろうか。

衣装は好きなものを選べるように用意した。

冬至の宴は、色や模様を塗った蠟燭を手に入場する。服に鳥の羽根や獣を真似た意匠を取り入れるのが約束事で、中央にある、塔のように作られた台に蠟燭を次々と飾り、輪になって福を呼び込むために踊る。

庶民も同じように祭りを楽しむが、宮廷のそれはガラスで作られた二階建ての大きな塔に、色とりどりのリボンで飾った蠟燭台が据えられ、眩《まばゆ》いばかりの光の塔になる。人々はその周りで軽やかに裾をひるがえし、夜通し踊って楽しむのだ。

見栄えのする行事だから、きっとエナガは喜ぶのではないかと思う。自分も、エナガが宴にどの服を着てくれるかも楽しみだ。

――不思議なものだな…。

今まで、貴族たちがあれやこれやと着飾るのを見ても、何がそんなに楽しいのだろうと思うだけだった。華やいだ色の宝石や衣装に、特に興は湧いたことがない。

けれど、エナガにどんな服をあつらえようかと思っただけで、誰がどんな服を着ているか、つい目がいくようになった。

エナガにはどんなデザインが似合うだろう。それはどこの仕立屋を呼べばよいだろう…。服だけではなく靴や帽子、手袋やマフまで、贈るものを探すのも楽しい。

どうでもよかったので今まで気付かなかったが、大臣は本人が垢抜《あかぬ》けないのに、服装のセンスは繊細だ。さらに役人の中にも、なかなか洒脱《しゃだつ》な装いをする者もいて、ウオルシュは仕事ぶり以外にも、その人となりを知る方法があることに気付いた。

髪型や服の色味、ちょっとした小物使いには、その人の美意識や趣味が現れる。大げさに言えば、その人の重んじている価値観が現れるのだ。

そんな視点を知ることができたのは、エナガのおかげだ。そう感謝していると、オゴーニがはっとしたように炎を揺らした。

「王さま！」

「？」

なんだろう、と振り向くと、蔦格子の向こうで、ちまっとした桃色の小鳥が小首をかしげている。

「エナガ……」

丸い小さな頭を格子の間にくぐらせ、エナガは部屋に入ると、パタパタと一直線にウオルシュの肩に飛んで留まった。

――――エナガ…。

すりすり…とふんわりした毛並みが頰をくすぐる。ウオルシュは小さなエナガを潰してしまわないように、そっと指で撫でた。

「どうしたのだ…今宵は宴があるのに」

「ピ…」

エナガは伸び上がって、小さな嘴で耳たぶを甘くつつく。

「ぼくは、ウオルシュと一緒に行きたいんだもの」

「……」

歌い踊る宴はあまり重要には思えなかった。自分がいなくても済む行事なら、わざわざ時間をかけて城に戻ることはないと思ったから欠席したのだ。

エナガは、そんな考えを読んだかのように、つぶらな瞳で見上げてくる。

「宴はきらいですか？」

「…嫌いというほどではないが」

でも、好きじゃないのでしょ…と図星を指され、きまりが悪くて黙っていると、エナガの金色の瞳が甘く微笑んだ。

まるで〝もう、しょうがないなあ〟とでも言っているようだ。ふわふわふわした桃色の羽で、喉のあたりをくすぐってくる。

「じゃあ、一緒にサボりましょう」

邪魔はしないから、書庫に一緒に連れていって欲しいとねだられて、ウオルシュはエナガを肩に乗せたまま、地下へと向かった。

「……いつまで鳥の姿でいるつもりだ？」

抱きしめたいのに…と心の中で思っていると、小鳥は鎖骨の窪みにすっぽり収まってコテン、と寄りかかってくる。

「だって…このほうが楽ちんに運んでもらえるんだもの」

――そうだ、王城から飛んできたのだったな…。エナガの翼なら、昼から出ても辿《たど》り着くのに夕暮れまでかかってしまう。

――疲れただろう…。

そう思うと、小さな身体が愛おしくて仕方がない。ウオルシュはエナガを片手で包んで庇い、振動させないようにゆっくり階段を下りた。

大人しくしているエナガを乗せたまま、静かに書物を取り、そっとひじ掛け付きの椅子に腰かけてページをめくる。

書庫はそう広い部屋ではない。

四方の壁は、天井まで書物で埋め尽くされ、真ん中にビロード張りの深緑の椅子と、丸い小さな大理石のテーブルが置かれている。

オゴーニが小さな水晶塊に火の粉屑を閉じ込めて置いてくれているので、部屋の中はところどころぼうっと明るくなっている。テーブルの上には、文字が苦もなく読める程度の、大きめの水晶塊が置かれていた。

クリスタルの中で屈曲して揺らめく暖色の明かりは、熱は伝えないけれど暖かそうに見せてくれる。ウオルシュはエナガを右肩に乗せたまま、ひじ掛け椅子にもたれて本を読んだ。

軽くて温かい小鳥から、小さな心音が伝わってくる。それがウオルシュにはとても心地よい。

「……」

楽しい宴より、ご馳走や暖かな王宮より、自分のもとに来ることを選んでくれたエナガに、心の中が温かくなる。

――エナガ…。

ひとりでも、何も孤独など感じたことはないのに、エナガがいてくれると、寄り添われる気配に幸福感が満ちる。誰かが隣にいてくれるのは、こんなに幸せなことだったのだ。

エナガは本当に疲れていたようだ。すぴー、と面白い寝息を立てて、肩の窪みに埋まって眠っている。けれど人間の姿の時と同じように、たまに寝返りを打っては落ちそうになり、ウオルシュは左手で上から覆ってエナガを守った。

「……」

書物は、途中から頭に入らなくなった。

エナガの寝息を聞きながら、そのふわふわの羽毛を指で撫でているだけで、心が癒《いや》される。

丸っこい身体は、なんて可愛いのだろう。桃色の羽は、炎の光に照らされてよりいっそう暖かそうだ…。ウオルシュはついに本を閉じ、読書を諦めてしまった。

小さく上下する身体にそっと口付け、安心しきって身を委ねているエナガの感触に浸る。

自分でも、こんな行動を取るとは思ってもみなかった。

呪いを受けてから、人間の姿でいられる時間の短さに、ウオルシュはずっと効率ばかりを考えていた。

いかに無駄なく政《まつりごと》を動かすか。自分がいない間に大臣や貴族たちがてきぱきと動けるよう、短時間で次々と指示を出し、山のような政務を片付けて水晶城に戻る。ここにいる間も、少しの時間も無駄にしたくなくて、書をひも解き、寸暇を惜しんで学んでいた。

情報や成果を得るもののない時間は、無駄としか思えなかった。誰かとのおしゃべりや、歌ったり踊ったりするだけの宴は無意味でつまらないものに思えた。

けれど、誰かと話したり、一緒にいることに、本当は〝意味〟など必要ないのかもしれない。

こうしてエナガの毛並みを撫で、ただその感触を味わっている時間は、考えようによっては本当に無駄な時間だ。文字の一行でも読んでいたほうが、自己研鑽《けんさん》にはなるだろう。

けれど今は、その無駄な時間にいつまでも浸っていたいのだ。何にもならないけれど、エナガの寝息を聞き、寄り添われていることを感じていたい。

《でも、好きじゃないのでしょ…》

エナガの指摘は、自分の本音に踏み込んでいた。

宴の本当の欠席理由は、無駄なことが嫌いだからだ。心のどこかで、人と集まって騒ぎたがる貴族たちを、つまらない人々だと思っていた。

けれど、王太子時代に一度だけ出席した冬至の宴の光景を思い出すと、誰かと手を繋いで、本当に楽しそうに光の塔の周りを回って踊る人々の笑顔ばかりが浮かんだ。

寒い冬の、長い長い夜――。冬至が過ぎても、春はずっと先だ。けれど、この日を境に、夜は少しずつ短くなっていく。

「……」

季節は急に変わるものではない。陽の長さは、誰にも気付かれないほど少しずつ延びていく。冬至は、この日からいつか訪れるであろう春を、指折り数えて待つための祭りなのだ。

家族や友人、親しい人々と、蠟燭の塔を囲んで春を待ちわびる…ウオルシュはエナガの体温を首元で感じながら、そんな温かな祭りの原点に思い至った。

政治的な安定は、もちろん重要だ。けれど、平原の平定が成った今、人々に必要なのはそうした心の安定ではないのだろうか。

――私は、大事なことを見逃していたのかもしれない。

庶民の楽しみでもあるし、大臣や貴族たちも、開催したいのだろうと思って許可しておいたのだが、本当はその宴を皆が楽しめたかどうか、自分もその場にいて見ておくべきだったのかもしれない。

ウオルシュは、丸いお腹を仰向《あおむ》けにして寝返りを打つエナガを見守りながら、そっと微笑んだ。

「お前には、何度も大事なことを教えられる…」

エナガがすぴー、と寝息で答えた。

翌日――。エナガは一緒に王城に帰ると言い出した。だが、エナガの翼の速度に合わせると、だいぶ時間がかかってしまう。
いっそ、この間のようにシーツにくるんで運んでしまおうかと思ったら、エナガはちゃっかりウオルシュの脚の間に挟まっていくと提案してきた。

「だって、ウオルシュのほうが速く飛べるでしょ？」

「……」

エナガを乗せて夕暮れの空を飛ぶと、エナガの興奮した声が足元で響く。

「うひゃあーっ」

「暴れるな。落ちるぞ」

鉤爪の上に乗り、脚の間ではしゃいでいるエナガに注意するが、本人は大喜びで聞いていない。

「速ーい！」

「あまり顔を出すな」

空を見たり下を覗き込んだりして喜んでいるので、危なくて仕方がない。ウオルシュはしっかりと強い脚で挟んでやりながら、王城へと飛んだ。

城に着いても、エナガはまだ興奮気味だ。いつもならすぐ人の姿に戻ってしまうのに、桃色の羽でくるくると部屋の中を飛び回っている。

「すごかったー」

大臣たちからすると、たぶん小鳥の鳴き声にしか聞こえないはずだ。ピィピィと着替えている間もひっきりなしにしゃべっている。

「あっという間に着いちゃった♪」

ウオルシュが着替え終わるまで飛び回りながら話していて、ウオルシュは苦笑気味に手を差し出した。

「そろそろ落ち着いたらどうだ？」

「わーい♪」

エナガはちょこんと小さな黄色い足で掌に下り、とん、とん、と腕を伝って肩に乗る。

まるで、もうそこが定位置であるかのように肩に留まった。ウオルシュが戸惑ってエナガを見ると、エナガは淡い金色の瞳で見つめ返して小首をかしげている。

——連れていけということか？

どうやら、そこから動く気はないらしい。ウオルシュはふ、と微笑んでそのまま歩き出した。

大臣が少しびっくりした顔をしている。まさか、自分も小鳥を連れて政務に出るとは思わなかった。

エナガは昨日、ずっと肩に置いて運んでいたから、そうしてもよいのだと思っているのだろう。

——仕方がないな。

今夜は大臣たちとの内々の会議だが、別に、秘密にするような案件はないから、エナガがいても問題はない。それより、つぶらな瞳に見つめられるのはとても心地よかった。

会議の間に出向き、新しい法律や税の見直し議案に指示を出していると、エナガのことはあっという間に忘れてしまう。ウオルシュはいつの間にか政務に集中し、普段の自分になった。

——……？

ふと気付くと、肩に留まっていた小鳥は、ウオルシュの首に寄りかかるようにして眠っている。

——はしゃぎすぎて疲れたのか……。

こっくりこっくりと小さな頭が揺れて、今にも滑り落ちてしまいそうだ。ウオルシュは微かに苦笑し、大臣の報告を聞きながら、さりげなく襟の間にエナガを挟んだ。

ふわふわの羽が首に触れてこそばゆい。けれど、まるでひよこのようなやわらかな感触と体温が心を和ませる。

大臣は両手で広げた文書を読み上げながら、ちらりと小さな目でその様子を見ている。驚いたようにまばたきを繰り返していたが、ウオルシュは知らんぷりしていた。

夜の宮廷は、相変わらず蠟燭の明かりに浮かび上

がった静かで重々しい様相だ。けれど、首元にエナガののんびりした気配があるせいか、ウオルシュにはいつもよりどことなく和やかな空気に感じられた。出席している役人たちも、普段よりゆったりしているように見える。

ウオルシュには、それが不思議だった。


政務を終え、早めに居室に戻る頃に、エナガがようやく目を覚ました。

たっぷり眠って元気になったのか、山積みのクッションに下ろしてやると、人間の姿に戻って大きく伸びをしている。ウオルシュは、宮女たちがエナガに服を着せている間に、果物を用意させた。

複雑な模様を織り込んだ絨毯の上に金盆が置かれ、ウオルシュが果実を摘んでエナガに食べさせる。葡萄や苺《いちご》、オレンジ、瓜などの果物が食べやすいように一口大に切られていて、エナガは待ち構えたようにウオルシュの前にぺたりと座り込み、小さな口を開けていた。

「んー、あまーい！」

「これも食べてみるといい。南のほうの、珍しい果物だ」

「うん！」

頰をぷっくりと膨らませて、もぐもぐ食べるエナガが可愛い。餌付けをしているようで、ウオルシュもこうしてエナガに果物を食べさせるのが楽しみだった。

「……どうした？」

ふいに、エナガが黙って見上げてきて、ウオルシュは手を止めた。いつもなら、もっとお腹が丸くなるまで食べるのに…。

「……村のみんなにも、食べさせてあげたいなあ」

エナガは金盆に山と積まれた果物へ目をやる。

――そういえば、エナガの氏族は冬の蓄えが少なくて困っていたのだったな。

そのために、食料を探して飛び回っていたのだ。

本当はずっと気になっていたらしい。エナガは珍しく遠慮がちに、この果物をもらえないかと言ってきた。

「みんなのところに、持っていってあげたいんです……だめですか？」

「…かまわないが。どうやって運ぶ？」

「あ…」

エナガは森の氏族だ。望むなら人に運ばせることはやぶさかではないが、むやみに森に入ることはできない。それに、森の民は森の奥深くに棲んでいて、人との交流はない。居場所を知られることも、嫌がるかもしれないのだ。

少しずつ咥えて運ぶ…と言うエナガに、ウオルシュは自分が持っていく提案をした。ベリーひと房でもよたよた飛ぶエナガでは、この量は持ちきれない。

「布にくるんで運ぶ。場所を案内してくれれば、上から落とす。それなら、あまり問題は起きないのではないか？」

勝手に他所の氏族の土地に立ち入るのは非礼であり、場合によっては諍いのもとになる。場所を知られるのが嫌なら、棲まいの近くに落として、あとから取りにきてもらえばいい。そう言うと、エナガは顔をほころばせ、首に抱きついてくる。

「ありがとう！　ウオルシュ」

「……いや」

頬といわず首といわず、エナガが無思慮に頬を寄せてきて、ウオルシュはその感触に胸の奥をざわめかせた。

吐息は甘い果実の香りで、触れるやわらかい肌は悩ましい感覚を誘う。抱きしめ返して、そのまま口付けてしまいたい衝動に駆られて、こらえるのが大変だ。

――人前では接吻しないと約束したしな。

しかも、こういう時に限って夜明けが間近なのだ。

「陛下、エナガさん、もうすぐ夜が明けますわ」

時計鳥が時を告げ、ウオルシュは抱きついているエナガを引き剥がして、侍従たちに果物を敷布にまとめるように命じた。

「場所を案内してくれ。水晶城に戻りがてら、届けよう」

「はい！」

布いっぱいに果物や木の実が包まれ、鷹の姿になったウオルシュは、鋭い大きな両爪でそれを摑んだ。

爪の上にはエナガがちょこんと乗っている。

「あっちです！　太陽と逆側」

「…わかった」

ウオルシュは大きな翼を水平に伸ばし、風を切って朝の空へと飛び立った。

眼下の街には朝の煮炊きの煙が、家々の屋根から立ち上っている。城壁を越えると、あたり一面雪に覆われた平原が広がった。森は、まだずっと先だ。

ウオルシュは飛びながら、足元にいるエナガに問いかけた。

「何故、そんなに蓄えが少なかったのだ？」

冬は毎年やってくる。どうして今年に限って困窮することになったのだろう。尋ねると、エナガは昨年の秋に起きた仲間の異変を説明してくれた。

――飛べなくなる？

「でも、神様にお告げをもらったけど、病気ではないって…」

「…」

飛べるのは、冬毛に変われなかったエナガだけ…。

そう聞いて、ようやく雪の中で目立つのを承知の上で食料を探していたことも、何度もベリーを持って訪ねてきてくれたのも合点がいった。

――それにしても…。

病ではないというのなら、一体原因はなんだろう…。ウオルシュは要因になりそうなものを考えてみたが、そもそも、森の種族のことはよく知らない。

そのうち森が見えてきて、ウオルシュはエナガの案内に従って雪を被った樹々の上を飛んだ。

「あっちです、もっと右」

落葉樹の群生を越え、糸杉の並ぶ起伏のある場所を飛び、樹海のように広がる森の向こうには、もう山脈が見える。

「ここです！」

風の向きが変わり、エナガの声と同時に、眼下には開けた場所が見えた。

雪を被った糸杉が周りを取り囲んでいるが、その一角だけはぽっかりと丸い広場になっている。

雪が掃き除けられ、中央には煮炊きをするための大きなやぐらがある。共同生活なのだ。

ぐるりと囲んだ樹々の枝には、カラフルな丸屋根に似た何かがあった。全体的に、小規模な可愛らしい村だ。

ウオルシュは荷物を落とすつもりでエナガに声をかけようとした。だが、その時広場の周囲の樹々から、何かが一斉に飛んできた。

「この野郎！　エナガを離せ！」

――なんだ？

枝の先を尖らせた、簡易な矢だ。樹々を見ると、枝の間に人が立っていて、木の幹に摑まりながら、次々と枝矢を投げてくる。

「みんな！」

「エナガ！　今だ！　逃げろ！」

ピーッと鋭い警戒声を上げながら、矢はあられのように飛んできて、これでは危なくてエナガを放してやることもできない。どんくさいエナガでは、逆に流れ矢に当たってしまう。

「みんな！　違うんだってば、聞いて！」

エナガの言葉は警戒声に搔き消されてしまう。矢を投げている部隊の下には、木の根元から枝矢を渡している者がいて、かなりな迎撃態勢だ。

ウオルシュは心の中で眉を顰めた。

——仕方がない……。

このまま戻るわけにもいかない。エナガを無事に仲間に会わせてやるには、不作法だがあの広場に着地するしかないだろう。

「降下する。矢が当たると危険だ。足元にしっかり潜っていてくれ」

「ウオルシュ…」

取り囲まれるだろうが、事情を話して理解してもらうしかない。ウオルシュは滞空をやめて、広場めがけて急降下した。

わああ、というどよめきと、枝から飛び下りて攻撃に来る者たち、怯えて木の蔭《かげ》に隠れる者が入り混じる。ウオルシュは運んできた包みを広場に置き、その隣に着地した。安全のために、まだエナガは大切に腹の下に隠してある。

鋭い鷹の眼で取り囲んだ人々を見回すと、数人が真っ先に飛び掛かってきた。

「くそう！　エナガ！　今助けてやる！」

「…」

鳥族の若者だ。

エナガが人の姿の時に着ている丈の短いチュニックに似た恰好をしている。カラフルな刺繍が襟と袖、裾に施されていて、下履きと、膝下まである編み靴を履いていた。

――――なるほど……小さいのは、エナガだけなのか。

エナガがちまっとしているから、鳥族は皆小鳥のように小さな姿をしているのかと思っていたが、それはエナガの個性のようだ。槍を構えている青年は、銀色の髪と瞳を持つ切れ者そうな男で、左右、背後で間合いを取っている青年たちも細身ではあるが、それなりの体軀をしている。

――――さて、どう説明するか。

彼らからすれば、何日も姿を消していたエナガは、行方不明だと思えるだろう。鷹の足元にいたら、攫われたのだと勘違いするのは無理もない。

神々の僕《しもべ》たる森の一族だ。できればことを構えたくないし、神聖なる森に、祈りもせずに入った無礼は事実だ。

だが、説明したくとも相手は興奮していて、冷静に聞いてもらえそうにない。

「この野郎！」

ひとりが槍を振りかぶって走ってくる。ウオルシュはばさりと片羽を広げ、風圧でそれをかわした。

「くそっ！　レニ！」

ひっくり返った相手の代わりに、雄叫《おたけ》びを上げて背後の青年が突進し、石斧《いしおの》を振り下ろそうとする。

ウオルシュはとっさに、エナガを挟んだまま半身をひるがえし、投げられた斧を大きな嘴で弾いた。

「クッ…」

相手はなおも素手で襲い掛かろうと走ってくる。

「待て…」

「よくも、エナガを！」

「待って、食料を持ってきたんだよ！」

——エナガ…。

エナガが、ひょこっと脚の間から顔を出す。襲い掛かってきた男は勢いが止まらなかったが、ウオルシュは男の服の背中を嘴で摘み、宙に留めた。

ぶらんと吊り下げられた青年に、エナガは能天気に笑いかける。

「この人は食料を運んでくれたんだよ。襲ったりしたらダメ」

「……エナガ」

もぞもぞ…と這《は》い出て、エナガは人間の姿に戻った。にこにこ笑っている姿に、それまで木の後ろに隠れていた人々も顔を出してこわごわと覗き込んでくる。

「エナガ……これは、どういうことだ」

別な青年が、慌てて近づき、上着をエナガにかける。ウオルシュは摘み上げた青年も戦意を失っているのを認めて、ゆっくりと地面に下ろした。
四、五人の少年や青年が次々とエナガに駆け寄る。
「大丈夫？　どこか怪我してない？」

案じながら自分たちのほうへ引き寄せ、鷹から距離を離そうとしているのがわかる。ウオルシュが黙っていると、エナガが一生懸命説明した。

「心配かけてごめんね。でも、ぼくは襲われたんじゃないから…ウオルシュは、みんなのためにこんなにいっぱい食料を運んでくれたんだよ」

果物を包んだ布を開いてみせると、こぼれ落ちた山盛りの食料に、わあ、という歓声が上がって、警戒していた人々が次々と近寄ってくる。けれどエナガを取り囲んでいる数人だけは、未《いま》だに彼を守るように立ちはだかり、心なしか視線が厳しい。

「ウオルシュって、あの鷹？」

「そうだよ」

彼らは、豊富な食料を前にしても疑念の視線を解かない。戻ってこようとするエナガを、なんだかんだと押し留めている。

「危ないから、ちょっと待って」

「なんにも危なくないよ」

「この冬に、こんなに食料を持ってるなんて、そもそもそれだけでおかしい」

罠《わな》かもしれない。お前は騙《だま》されてるんだ…と槍で襲い掛かってきた青年は、エナガを懸命に説得していた。

「俺たちが調べる。エナガはそこにおいで」

「違うったら！」

「ほら、風邪を引いたら大変だ。フィリ、上着を持ってきて」

かいがいしくエナガを介抱する様子は、まるでエナガの親衛隊のようだ。あからさまに敵視されて、あまり面白くはなかったが、ウオルシュは黙っていた。

他者の地に、不法に入ったのは本当なのだから、不用意に行動して怒らせてはいけない。

それに、エナガはエナガなりに抵抗している。

「んー、もう、離して。ウオルシュは優しい人なんだよ。騙してなんかいないの！」

「あっ、エナガ！」

するりと逃げてきたエナガが、鷹の首に腕を回して青年たちと対峙《たいじ》する。

「何も怪しくなんかないってば。ウオルシュは呪いを受けてるから鷹の姿をしてるけど、本当は、ポーリエの王さまなんだから」

果物を囲んでいた人々も、エナガの言葉にざわりとして手を止める。王さま？　と囁き合う声と、恐ろし気な視線が一斉にウオルシュに向いた。

「ポーリエの王宮には、たくさん果物があるんだよ。だからこれも、怪しいものではないの。ウオルシュが譲ってくれたんだよ」

ぎゅっと首に回された手がウオルシュを抱きしめる。一生懸命説明して、自分を守ろうとしてくれるエナガの気持ちに、きゅんとしてしまう。

だが、青年たちは顔をしかめたまま黙っている。信じてよいのか迷っているような表情だ。

膠着《こうちゃく》した沈黙を破ったのは、老人だった。

エナガのように背が小さく、銀色の巻き毛と顎ひげがもみあげのところまでひと続きになっている。

茶色のベストを着た老人が鷹のほうへ進むと、周囲の人々はさっと両脇へどいて道を開けた。

「長老さま…」

――村長《むらおさ》か…。

老人は穏やかに頭を下げる。

「平原の王よ。この厳しい冬に、たくさんの食料を運んでくださったことに感謝いたします」

「いや…こちらも無断で村に立ち入った。非礼をご容赦いただきたい」

いやいや、と老人は頭を振った。

「そもそもはワシらの勇み足じゃ。帰ってこなかったエナガも、無事に送り届けていただけて、感謝申し上げる」

なんの礼もできないが、火を焚くから待ってくれと長が言った。

「急に凍るような寒さになった。王も、お寒かろう」

「いや…私はよい」

「王…」

自分がいるせいで、周囲の空気が冷えて、小さな氷の粒さえ舞っている。

ウオルシュは厳しい眼光を曇らせた。やはり、どこにいても呪いのある身は周囲に被害を与えてしまうのだ。エナガも服を着ているのに寒そうで、カチカチと歯を鳴らしている。

羽毛の間で温めなければ、凍ってしまうだろう。

「私は呪いを受けた身だ。迷惑をかけるのは本意ではない。これにて失礼する」

軽く頭を下げ、エナガをそっと振り払うように翼を広げた。だが、エナガはすぐさま桃色の小鳥に姿を変える。

「エナガ、お前は村に残れ」

「やだ！」

一緒に戻る…と言うが、身体が冷えすぎたのだろう、上手く飛べなくて墜落してしまった。


「エナガ！」

ウオルシュが拾いにいこうとするより早く、エナガを庇っていた青年のひとりが両手で掬う。

青年は大事そうにエナガを胸元に抱え、キッと睨み上げてきた。

「…食料を届けてくれたことには感謝する。けれど、それとエナガを連れていくことは別だ」

「ぼくはウオルシュのところにいたいの！」

エナガが抵抗している。けれど、理知的な顔立ちのロニと呼ばれた男は、両手で檻《おり》のようにエナガを閉じ込めた。

「どんなにお前が望んでも、森の外の人間に関わらせるわけにはいかない」

「なんで！」

森の民と平原の民は、交わらない種族なのだ…と説得され、エナガはバタバタと手の中で暴れている。

「ウオルシュー！」

必死に呼ぶ声を、置いていけない。ウオルシュは彼らを凍らせてしまわないよう慎重に距離を取り、枝のひとつに留まった。

枝にはカラフルな巣がある。噂《うわさ》に聞く〝鳥族の卵〟だ。彼らの卵は可憐《かれん》なだけでなく、羽よりも軽く、鉄よりも頑丈で、ガラスのように光を通すという、森の秘宝のひとつだった。

ウオルシュは枝から、森の一族に語りかけた。

「本人の意思を尊重することはできないか」

エナガが望んでいるのだから…と問いかけると、エナガを取り囲んだ男のひとりがいきり立つ。

「エナガをお前みたいな不吉な男に渡すわけにはいかない！」

「そうだ！　呪い持ちなんか、来るんじゃない！」

不吉だ不吉だと騒ぎはじめ、長老が制止した。


「やめんか無礼者。食料をもらっておきながら恩を仇《あだ》で返すとは、鳥族の恥じゃぞ」

加勢していた声が静まる。それでも、青年は不満そうだ。

「エナガが色々見てきて、信頼に足ると判断したのだ。頭ごなしに決めつけるものではない」

「そんなの、俺は認めない」

「ロニ…」

青年は、飛べないことが悔しそうだ。枝のすぐ下まで来て、綺麗な目元を眇めてウオルシュを睨んだ。

「呪い持ちの傍《そば》にいて、エナガに何かあったらどうするんだ！」

エナガは俺が守る…と息巻いているロニを見ながら、ウオルシュはある可能性に気付いた。

「他人をどうこう言う前に、お前たちが呪いを受けていないという保証はあるのか？」

「なんだと！」

彼らは、神々に病かどうかは聞いたが、おそらく〝呪いか〟とは尋ねていない。

「鳥族でありながら飛ぶことができない。病でもなく、理由がわからないなら、呪いだとは考えられないか…？」

場の空気が緊張する。ウオルシュは確信があって言ったわけではなかったが、指摘は思ったより彼らに動揺を与えたようだ。ロニの手が一瞬緩んで、エナガがその隙間から飛び出してくる。

「エナガ！　来い！」

「ウオルシュ！」

ぱたた、と桃の花のような翼が広がり、まっすぐにウオルシュのもとに翔《か》けてくる。

「あっ！　エナガ！」

追いすがる男たちを後目《しりめ》に、ウオルシュはエナガを脚の間に招き入れ、焦茶色の翼を大きく羽ばたかせた。

「長老殿、エナガの無事は保障する。食料もまた届けにこよう。連れて帰るのをお許し願いたい」

それだけ言うと、ウオルシュは返事を待たずに飛び上がった。広場ではまだ若者たちが騒いでいるけれど、エナガを渡すつもりはない。

「エナガ、寒くはないか？」

足元を気にすると、エナガは腹の間からごそごそと顔を出して囀《さえず》った。

「うん、大丈夫！　ウオルシュのお腹はあったかい！」

ウオルシュの周りはとっても冷たいのに、不思議だねとエナガはのん気に笑う。けれど、ウオルシュもエナガのいる脚と腹のあたりは、とても温かかった。

高度を上げると、森はぐんぐん遠くなる。ぽっかりと開けていた場所も、今はどこだかわからないほどだ。

森が切れ、やがて水晶で飾られた金屋根の城が見えてきた。城の周りを旋回すると、窓越しに、掛け布の上でぴょんぴょんと飛び跳ね、寝台を温めているオゴーニの姿が見える。

「あ、オゴーニさんだ！　オゴーニさん、ただいま！」

エナガが弾んだ声を上げる。ウオルシュは帰城する前に問いかけた。

「後悔していないか？」

もしかしたら、森の外の人間を選んだことで、エナガは一族から追放されてしまうかもしれない…もう一族に戻れない覚悟も含めて尋ねたつもりだったのだが、エナガはまったく気にしていなかった。

「大丈夫！　ロニたちは、ウオルシュのことを知らないから〝危ない〟って心配してくれただけだよ」

「…」

きっとわかってくれるから…エナガは当たり前のようにそう言って笑顔を見せる。ウオルシュは内心で少し驚いていた。

エナガは、誰に対しても心から信頼を寄せることができるのだ。

疑ったり、不安にならずに相手を信じられる――それは簡単なことのようで、けっこう難しい。

「私も、わかってもらえるように努力をしよう」

ウオルシュはそう言って、バルコニーから城へと入った。

◆◆◆

城に戻り、しばらくするとウオルシュが人の姿に戻った。森へ寄り道したせいで、短い冬の日はもうだいぶ傾いていたのだ。

エナガはその変身に魅入った。まるで灰色の煙のように鳥の羽がゆらりと消え、筋骨隆々とした逞しい身体が現れる。

うねって流れ落ちる黒髪、思慮深く鋭い瞳。引き締まった口元…鷹の時も人間の姿の時も、エナガはつい見惚れてしまう。

そして見上げていたエナガも、つられたように人の姿に戻った。

ウオルシュは黙ってエナガを見ている。やがて、その大きな手がエナガの両頰を包んだ。

「…大切な話がある」

「……？」

まるで、鳥の姿に戻らないようにしているように、頰から耳まで包んで塞がれ、頭を指が支える。


「私は、お前を愛している」

静かな告白に、エナガはドクンと心臓が跳ねたきり、鼓動が止まりそうだ。

「だが…私はお前の一族が言った通り、呪いを持った身だ」

どんな人も黙らせてしまいそうな鋭い瞳が、少し憂いを帯びる。

「それでも、私はお前を傍に置きたい」

返事を待っているウオルシュに、エナガは頰を包んだ手の上に、自分の手を重ねた。

「ぼくも、ウオルシュの傍にいたい」

「一族から離れることになるだけではない…」

同性は、子を授かることができない。それでもよいかと念を押される。

「うん」

愛の告白に胸が甘く苦しい。エナガはうっとりとその手に頬を預けた。

「ぼくずっと、誰かを好きになったら、その人と番になって卵を授かるんだと思ってたんだけど…」

――――でも……。

「好きな人が、男の人だとは想像してなかった」

エナガは笑って、カラフルな卵からウオルシュが出てくるところを想像したのを告白した。

「鳥族はね、生まれてくる時は小さな雛なのに、卵はとても大きいの」

それは、その卵が一生暮らす〝家〟であると同時に、ちょうどぴったりふたり分のスペースになっているからだ。

「ふたりで抱き合って眠るのに、ぎりぎりの大きさなの。だから、生まれた雛たちは、自分の殻に棲む」

自分もいつか誰かと一緒にふたりで暮らすのだろうと思っていた。


「でも、卵が欲しいわけじゃない。ぼくは、ウオルシュが好きなんだもの」

「エナガ…」

「ふたりで暮らせるなら、どこでもいい」

一族の皆のことは好きだし、友達もたくさんいるけれど、キスしたり、抱き合ったりしたいと思ったのはウオルシュだけだ。

ウオルシュに見つめられて、エナガも甘く金色の瞳をきらめかせた。背後ではオゴーニが、ごとんごとんと水晶塊ごと移動している。

「お、おいら、お城に〝今日は、王さまは城には戻りません〟って、火柱を上げなきゃ」

ああ忙しい…とわざとらしく呟きながら、いそいそと部屋を出ていく。

それを眺めていたウオルシュが、少し微笑《わら》った気がする。

――わあ……。

強い覇気のある瞳で微笑まれると、目が離せない。

エナガが頬を熱くすると、顔が近づいてきた。

「愛している。私を受け入れてくれ」

「……ぁ……」

鼻先にやわらかく唇が落ち、エナガはそれだけでクラクラした。

鼻梁《びりょう》をしっとりと唇が伝う。上唇が軽く押し上げられて、ウオルシュの唇が小さなエナガのそれを割り開いた。

「……ん…」

ウオルシュの口腔の熱さが、唇から伝わってくる。角度を変え、何度も軽く吸われながら、なまめかしく舌が小さな歯をなぞり、舌へと侵入し、やがて強く吸われて、エナガは腰まで落ちるぞわりとした快感に吐息を漏らした。

「は…ぁ…」

ゾクゾクして腰が震える。けれど、その快感から逃げられないように、ウオルシュの大きな手が頭をしっかり押さえていて、エナガは口腔を蹂躙《じゅうりん》される刺激にピクピクと身体を震わせた。

「ぁ……ぁ、ぁ…」

肉厚な舌が、ざらりと口腔の粘膜を舐《ねぶ》る。わけのわからない気持ちよさが突き上げてきて、エナガは閉じた瞳に涙を滲ませた。

エナガの頭を抱いた手はしっかりとホールドされ、もう片方の手がまさぐるように背を撫でて腰へと落ちていく。エナガは肌が粟立《あわだ》って、じっとしていられずにウオルシュの両腕を摑んだ。

「ん……っ……は…」

鼓動が跳ね上がって、呼吸が唇の間から熱く漏れる。その間も、腰をなぞる手と、脚の間で抱き込まれる感触に、エナガは身をくねらせて悶えた。

――ぁ……。

捉えられた舌を何度も強く吸われて、じんと広がる快感に、口腔は唾液が溢れて唇の端を伝い落ちる。蕩けた視線を向けると、ウオルシュは目を眇めてようやく唇を離した。

「敏感なのは、小鳥だからか…？」

「…？」

お前を抱くがよいか、と耳を齧るように囁かれ、エナガはぴくんと背をしならせた。

「んん…っ」

――〝抱く〟って……。

つまり、番うということか…とクラクラする頭で考える。

それがどんな悩ましい交わりなのか、エナガは口ニたちから聞いた話でしか知らない。それは、ふたりきりで行われる夜の秘密だからだ。

男の自分が、どうされるのかはあまり想像できなかったが、それはどうでもよかった。ただ、こうして普段他人が触れない場所にウオルシュが触れると、身体の芯がうずうずと熱を持つ。

「……うん…」

向かい合わせたウオルシュの胸に寄りかかるように身体を預けて、その背に腕を回す。

「抱いて…」

好きな相手と、抱き合うことがこんなに気持ちいいとは知らなかった。抱擁だけでは収まらない疼《うず》きを持て余して、エナガは本能のままにウオルシュを抱きしめ、すりすりとその背を撫でていく。

――ああ、気持ちいい……。

ウオルシュの肌に密着しているだけで、陶酔感に襲われる。

ウオルシュが喉元からみぞおちまでを唇でなぞっていて、熱い呼吸が肌を掠めていった。エナガがびくんと背をたわめて感じるたびに、肌にかかる吐息がよりいっそう熱く悩ましくなっていく。

「ん…っ……ぁ…や……」

肉厚な唇が、白い喉元から小さな胸の粒へと下りていく。エナガはツキンと刺さるような強い刺激に声を漏らした。

――なに…これ……。

自分の身体で、こんな感覚があるなど知らなかった。痛いような鋭い感覚が走るのに、腰が浮き上がってしまう。

驚いて涙目で見ると、ウオルシュは精悍な目で見上げながら、唇を離さない。

「ウオルシュ……っ」

やめて…と言葉の代わりに胸元にいる頭を両手で抱えて引き剝がそうとしたが、逆に背中を抱き寄せられてしまった。

「っ……っつ……ぁ……っ…ウオルシュ、や、だ…」

「本当に嫌か？　腰が揺れてるぞ」

まるで面白がるように、濡れた舌でざらりと舐め上げられる。鋭い刺激は、痛いようなむず痒いような疼きを生んだ。

「っぁ……っ」

両手でしっかりと胴体を摑まれて、脚で割り込まれ、エナガはウオルシュにまたがるように膝立ちにさせられている。ウオルシュは、エナガが反応する場所をさらに強く責めた。

粒を舌先で転がし、充血して膨らんだものを歯で甘嚙みし、そのたびにエナガはビクビクと膝が崩れそうなほど震える。

「ぁ、ぁ…ァっ……だって……ぁ」

「だって…何だ?」

「だっ、て……ぁ、へん…に……」

息が荒くなる。翻弄される快感に、止めて欲しいのに身体は勝手に昂《たかぶ》っていく。

まるで、それを見越したかのように、腰骨のあたりを掴んでいたウオルシュの片手が、つ、とそこをなぞって中心へと向かう。

「あ…っ」

熱を持って、持て余していた場所をやんわりと握られて、エナガは息を呑み込んだ。心地よさと羞恥で頬が熱くなる。

「ウオルシュ…っ…」

「ここはちゃんと一人前なんだな」

「あ、……んっ、んん」

逃げようとする腰を、尻ごとしっかり掴まれて、摩擦の刺激を受けさせられる。自分でもほとんど触れたことのない場所への強烈な刺激に、エナガは喉を反らせて喘《あえ》いだ。

「ぁ、あ……あ、ん…っつ、んっ」

擦られるたび、喉元まで走り上がる愉悦をこらえきれない。エナガはウオルシュの両肩を掴んで、必死にその快感に耐えた。

——気持ちいい。

「ウオルシュ…ぁ、どうしよ、う。あ、んっ」

「いい声だな…」

「ぁ…」

ウオルシュの鋭い両目が、たまらない艶を帯びる。エナガが切ない声を上げるたびに、その精悍な顔には、雄の激しさが漂った。

——ウオルシュ…っ。

透明な蜜を滴らせた先端は、すでに扱《しご》かれる刺激で甘苦しく、吐き出したい欲求で疼いている。刺激を弱めてくれと視線で哀願したが、ウオルシュは常と同様の迫力ある容貌で唇の端を上げただけだ。

「思うさま乱れればいい」

「んっ、それ…どう…い…ぁ…」

手と同時に、唇で胸元を嬲られ、エナガは刺激に仰《の》け反《ぞ》る。

「んあっ……あ、熱……」

ちゅ、と淫らな音が耳に響く。ピンク色に染まり上がる乳暈《にゅううん》ごと咥えられ、腰の奥までズンと快感が落ちて、膝がガクガクした。

「気持ちよくなるようにしているのだ。達《い》きたければ、そのまま出してしまえ」

「わからな…っつ、あぁ…っつ」

気持ちよくて、切なくて涙が出る。擦り上げられたものはもう爆発寸前の苦しさなのだが、解放の仕方がわからない。エナガは身の内でうねるように起こる快楽の波に耐えきれず、ウオルシュの首に抱きついて口付けた。

「ん……っ」

自分の衝動をどうにかしたい。どうにもならない快感を吐き出したい。ウオルシュはそれを理解したかのように、小さく張り詰めていた芯の先端を、親指でぐりぐりと撫でた。

同時に口腔の奥深くまで舌で犯し、熱く吸い上げ、快感の奔流を導いてくれる。

――ああっつ……。

びくっとウオルシュの手の中で熱が弾け、エナガは華奢な背を反らして放出の恍惚《こうこつ》に浸った。

「……あ……は…ぁ…」

ドクドクと心音が激しくて、息が整わない。ウオルシュの首に抱きついたままぐったり寄りかかっていると、ウオルシュがそっと背中を抱いたまま、向きを変えて敷布に沈めてくれた。

「射精は初めてか」

「…うん」

気持ちよかったかと聞かれて、エナガは素直に頷く。

「……すごく、気持ちよかった」

「では、それよりも気持ちよくなるようにしよう」

「…？」

ウオルシュが額にかかった髪を撫でてくれる。

「私に抱かれるほうが気持ちよいと、思ってもらわねばな……」

エナガはぼんやりとウオルシュを見上げた。自分だけが吐精して終わるわけはないと思ったが、具体的なことは想像がつかない。

ただ、見下ろすウオルシュの貌《かお》が、ぞくりとするような色気を醸し出していて、エナガはうっとりと見つめた。

「…ん…」

落とされたキスは思わせぶりに唇を食み、じれったい刺激を与えるだけで深くは口付けてこない。

「…ん」

唇に、頬に、耳に。弾力のある唇が触れては離れて、さっきまでの貪るような強い快感を探して、肌がざわめく。

けれど、甘く散りばめられる愛撫も心地よくて、エナガは身体を緩めてそれを受け入れていた。

「は…ぁ…」

ゆっくりと、二の腕をなぞるようにウオルシュの手が摑んで敷布の上に持ち上げていく。やわらかな脇の下や横腹のあたりを、くすぐるように唇が這って、エナガは小さく笑いながら身を捩《よじ》ったが、ウオルシュの手は、エナガが腕を閉じてしまわないよう

に、片方ずつしっかりと手首を押さえている。まるで、敷布に張りつけにされてしまったようだ。

「ん……あ………っつ」

やんわりと肌をなぞっていた唇が、耳介で止まり、エナガは耳穴にねじ込まれる舌の熱さに声を上げた。

「あ…ぁッ……ん、んんっ」

濡れた淫靡《いんび》な音が耳から頭に直接響くようだ。熱く嬲られる内部に、背骨から腰まで痺《しび》れたように快感が走る。エナガは身体をうねらせて悶えたが、縫い留められたような両手はびくともせず、浮き上がる腰はウオルシュの身体で押さえつけられ、逃がせない快感は声になってこぼれるばかりだ。

「ぁあっ、あ、ぁ………ん、ウオルシュ…っ」

頭を振ってもがくけれど、脳を痺れさせるような攻めは止まない。手首を摑む腕を引き剝がそうと握ると、そこから逆に指を滑らせて、両手とも握られてしまった。

「ん…っ……熱い…熱いの……ウオルシュ…だから、もう……助けて……」

「何度でも出していいぞ」

再び昂った苦しさを伝えると、ウオルシュは低い声で笑う。その声にさえもゾクゾクして、エナガは切なさに眦《まなじり》から涙を落とした。

組み伏せていた手が離れ、そっと指が目元を拭う。

「自分で出せなくて苦しいのか？」

「ん……」

涙目で頷くと、ウオルシュは目を眇めた。

「まったく、お前はとんだ食わせものだ…」

「…？」

どこか呆れたような、面白がった響きが混じる。

「こんなにそそる媚態《びたい》を見たことがない」

何を言っているのかわからなかったが、ウオルシュは手を離してそのままエナガの下半身へと顔を埋めた。

「…ッ！」

口腔に含まれる、蕩けるような熱い感覚に、エナガは喉を反らせて反応した。

熱くて、腰全体がじんじんと痺れて、つま先まで引き攣るようだ。

「はあ…っ……あ、あ、ん」

舌で扱かれる突き抜けた快感に、エナガはあっけなく腰を浮かせて果てた。立て続けに襲われた絶頂で、もう身体に力が入らない。

肺が空っぽになったような呼吸を繰り返していると、顔を上げたウオルシュの身体が視界に入る。

――すごい……。

割れた腹筋につきそうなほど硬く張り詰めたものが反り返っていて、エナガは自分のサイズと比べて目を見張った。

呆けたように見ていると、ウオルシュが艶めいた視線で微笑う。

「無理なことはしない」

「…うん」

よくわからないが、ウオルシュに任せておけばい…エナガはされるがままに従った。

精を吐き出したばかりの場所を撫でられ、内腿《うちもも》を手で押し広げられる。そんな恰好をさせられるのは恥ずかしいのだが、ウオルシュの手に逆らわないようにした。そもそも、無理に閉じるような力も湧かない。

丹念につつましやかな奥襞《おくひだ》の周りを指でなぞられ、はじめはなんということもなかったのに、じわじわと先刻の熱が甦ってくる。ゆっくりと指がその場所に侵入しはじめた頃には、エナガもそこで何を受け入れるのか、予想がつきはじめた。

「……っ」

はたして、あんな大きなものが入るのだろうか…。ほかの方法が思い浮かばないが、それにしても質量を考えると、とても無理なのではないかと思ってさすがに身体が緊張してしまう。

するとウオルシュがそれに気が付き覆い被さるように顔を近づけてきた。

「怖くなったか?」

コクコクと頷くと、片方の手で受け入れる場所を宥めたまま、もう片方の手で頭を撫でられた。

囁きながら、唇にキスする。

「無理はしないと言っただろう…入らなければやめる」

だがここは、意外と淫らだぞ…とからかうように言われ、指がくに…と入り口の内側をなぞる感覚に、エナガはピクリと膝を立てた。

「…ぁ」

――なんだろう…なんかぞわぞわする。

浅く指で弄られていると、臀部《でんぶ》にジンと刺激が広がる。その反応を煽るように、ウオルシュが口腔を舌でまさぐった。

「ん……」

指と舌が、同時に身体の中に入ってくる。むしろ、小さな口腔いっぱいに侵してくる舌に喘いでいるうちに、いつの間にか指はエナガの奥深くを蹂躙しはじめた。

「ふ……っ…ぅ」

指が、肉襞を押し広げる。ある場所を押されると、灼《や》けるような刺激が生まれて、エナガは腰を浮かせた。

「ん…っ…」

「いい顔だ…ここが気持ちいいのか？」

「ぅん…っ」

腹の中でぐにぐにと動かされると、快感と同時に、身体の奥までウオルシュに支配されているようで、わけもなく恥ずかしかった。あられもない声を上げているのを、冷静に見られているのも、強烈に恥ずかしい。

圧迫感で息苦しかったはずなのに、吐息は甘く淫靡な響きを帯びてしまう。

「辛《つら》いか？」

「ううん」

気持ちよさのボルテージはどんどん上がっていく。指が増やされ、絶対に入らないだろうと思われた隘《あい》路《ろ》を、二本の指が体液を滴らせて出入りしている。エナガは、気遣うウオルシュに身をうねらせながら懇願した。

「…あんまり……っ…見ないで…っ」

「何故だ？」

「この…かっこ……恥ずかし…ぃ」

「淫らでそそるがな」

「んんっ…ぁ……」

ウオルシュが官能的な笑みを見せながら、濡れた音を立てて、体内を指で掻き回した。

腰に落ちる快感で、ヒクンと喉を反らす。

「ぁ…」

「熱いな……内が蕩けている」

「え……ぁ……ん…っ」

ウオルシュの指をきゅっと食い締めるように腰を浮かせてしまう。指摘されるまでもなく、腹の中は熱くて息が荒くなる。指はさらに増やされた。

「…ぁ…く…」

圧迫感は増すのに、指が襞を押し広げるたびに快感が全身に広がって、エナガは涙目で熱い吐息をこぼし続けてしまう。

「気持ちいいか？」

「んっ……ぁ……そ、だ、め…」

恥ずかしいのだが、身体は勝手に昂る。こんな刺激をずっとされたらおかしくなってしまいそうだ。エナガは腹の奥で焦げつくような熱い感覚を訴えた。

「ウオルシュ、は……？」

愉悦に滲む目を開けると、ウオルシュの興奮した身体が見える。ウオルシュのそれはもう、血管が浮き出るほど昂っているのに、どうしてそんなに余裕のある顔をしているのだろう。

ウオルシュが、ぞくりとするような色気を漂わせて笑う。

「そうだな…お前の中を穿《うが》ちたくてうずうずしてはいる」

「ん、んぁ」

指を引き抜き、内腿をさらに広げるように身体が割り込んで、その場所に熱く張り詰めた先端があてがわれた。

「ほんとに…入るの…？」

「大丈夫だと思うが、痛みがあったら言え…」

「…う、ん」

ウオルシュは何度も入り口をなぞるように馴らし、ゆっくりと押し入ってくる。

――お腹が……押される……。

圧がすごくて、息が浅くなってしまう。それが苦し気に聞こえるのか、ウオルシュは何度もじっとその場で留まった。けれど、奥に割り込まれるにつれて、襞という襞が、媚薬を染み込ませたように、その肉芯を受け入れて快感を伝えてくる。

「…ふ…ぅ……っ」

「…エナガ…」

納めきった芯は、腹の奥の、未知のポイントを突いてくる。なんとも言えないじんわりとした愉悦が腹に広がり、エナガは受け入れたまま覆い被さっているウオルシュを抱きしめた。

「…ん、きもち、いい」

「私もだ」

「ほんと…？」

ああ、と答える声に、少し切羽詰まったような響きが混じる。その官能的な吐息に、エナガはぞわりと肌を粟立たせた。

愛おしい相手が、自分の身体の中で興奮している。そんなサインに、自分も感じてしまうのだ。

ふるる…と震えると、ウオルシュが苦笑した。

「そんなに煽るな。動いてしまう」

「…うん……だって、気持ちいいんだもの…っ」

ふと笑う気配がして、ウオルシュはエナガの髪を梳き、半身を起こした。

「ぁ……っ」

ゆっくりと身体の中をウオルシュの肉芯が動く。擦れる快感にエナガは甘く喘いだ。

「ん、んっ……はぁ、ぁ、ぁっ、あ」

突き上げられるたびに、指先まで刺激が広がる。揺らされ、徐々に激しさを増す抽挿に、エナガは恍惚となって敷布を握りしめた。

「…ぁっ、ぁっ、ぁ…」

ガクガクと身体が上下する。ウオルシュの逞しい身体で激しく突かれると、壊れてしまいそうだ。

——あ……でも…、きもち、いい……。

ウオルシュの低い吐息と、脳天まで突き上げられる快感に、エナガは我を忘れて乱れた。

「ぁ、あん…っ…んんっ…」

――ウオルシュ…。

身体中でウオルシュを求めて手を伸ばし、その背中を掻き抱く。腹の奥に熱い精を注がれて、エナガは充足感に蕩けた。

「エナガ…」

低く快楽の息を吐き、首元に顔を沈めてくるウオルシュが愛おしい。ふたりとも、火の気のない寝室で、軽く汗ばんでいた。

果てたあとも、鎮まっていく余韻を味わうように、互いに抱きしめ合ったまま寝転がる。

ウオルシュの腕の中で抱きしめられているのが好きだ。

「気持ちよかったあ」

「…悩殺的な鳥だな」

「…？」

悪戯のようにエナガの唇を指先で弄び、ウオルシュが笑う。

「気を付けねば、お前に耽溺《たんでき》して政務を放り投げてしまいかねない」

昼も夜もずっとこうしていたくなる…と額に口付けて言われ、エナガはうっとりと目を閉じて笑った。

「うん。ぼくも、ずっとこうしてたい」

番を得ることが、こんなに気持ちよくて幸福なことだとは思ってもみなかった。伴侶と共に過ごすのだから幸せだろうとは想像できたが、身も心も満たされるこの感覚はなってみないとわからない。

「でも、政務をおろそかにしちゃいけないですもんね」

明日は、ちゃんと王城に戻らなければならない…。エナガの言葉に、ウオルシュは心なしか残念そうな顔をした気がする。それが、エナガには嬉しい。

「ぼく、毎日一緒にいますからね」

鷹の爪に乗って移動すれば、夜は小鳥の姿でウオルシュの肩にいられるし、凍える昼は鷹のウオルシュを温めてあげられるだろう。

ずっと一緒…と見上げると、ウオルシュが苦笑する。

「それではずっと小鳥のままだ」

「あ、そうか」

「抱けないのが辛いな…」

そう言って額や鼻梁に唇を落とされると、今すぐにでももう一度抱かれたい衝動に駆られる。

「呪いが解けたらいいのに…」

そうしたら、ウオルシュはずっと王宮にいられる。昼に政務を執り、夜はこうして一緒に眠れるだろう。

「どうにか呪いが解けないか、はじめの頃は私も色々考えた」

呪いを移し替えたあとも、何度か神殿に詣でたし、国の呪術師にも尋ねてみた。けれど、ディレッタの命で呪詛した強力な呪いは解く方法がなかったのだ。

「仕方がないと諦めていた。これはもう、国を治める私の宿命だと思っていたのだ」

だが、とウオルシュは甘い瞳でエナガを見つめた。

「お前がいると、もう一度足掻《あが》いてみようかという気になる」

「ウオルシュ…」

「誰かがいるというのは、強いことなのだな」

ひとりだったら、自分さえ耐えられれば、呪いを背負ったままで生きようとしただろう。

「お前と幸せに暮らしたいと願ってしまうのだ…けれどそれは、よいことなのだろうな」

エナガはウオルシュに手を伸ばし、その黒鋼色の髪を撫でた。

「幸せに暮らしましょう」

強くて、逞しい王だ。けれど、強いから幸せとは限らない。

「ぼく、一緒に呪いを解く方法を探します」

「エナガ…」

「でももし、呪いが解けなくても、ウオルシュと幸せに暮らせるように頑張《がんば》るから」

ウオルシュは、たぶん自分で思っている以上に、ストイックなのだと思う。普通の人が当たり前に望む幸せさえ、彼はなくてもいいと思っている。

「呪いがあっても、誰かと一緒にいたいと思うのは当たり前だし、幸せに暮らしたいと願うのは当然だもの」

ウオルシュは少し驚いた顔をしている。でも、驚かれるようなことだろうか。

「このまま〝呪いがあるから〟って、ウオルシュが独りぼっちで暮らしていたら、大臣さんも、侍従さんたちも、みんな寂しくて辛くなっちゃう」

エナガは、王の辛さを思って遠慮してしまう大臣たちの気持ちを伝えた。

「彼らが、そんなことを…？」

「うん…」

――やっぱり、ウオルシュは知らなかったんだ。エナガはさらに大臣の気持ちを代弁した。おそらく、彼らも怖くて言えないようなことだ。

ウオルシュは甘い抱擁を止めて起き上がっていた。

「…やはり萎縮させていたのだな」

「だって、ウオルシュは怖いんだもの」

「……」

「ウオルシュは、みんなを幸せにしてあげたいから王さまでいるんでしょ？」

「もちろんだ…」

「じゃあ、みんなが笑えるようにしてあげなきゃ」

ウオルシュはしばらく口元に手を当てて考え込んだあと、問いかけてきた。

「お前は…私の、どのあたりが怖いと感じる？」

「うーん……」

——そう言われると…。

「…顔…かな？」

ウオルシュは、顔か…と眉間に皺を寄せた。けっこう本気で悩んでいるようだ。

「ぼくは途中から怖くなくなったんだけど」

「それはどうしてだ？」

何故だろう。エナガは思い当たる節を考え、そうだ、と思い至る。

「笑ってくれるようになったからかも…」

本当にそうか…？　という怪訝な顔をしたウオルシュに、エナガは頰を両手で引っ張ったりして確かめる。

「うーん、ちょっと違うかなあ」

「人の顔で遊ぶな」

「ちょっと、ちゃんと笑って！」

「…」

一生懸命検証しているのだから…と怒ると、一応協力してくれた。ふてくされたような顔だが、笑ってはいる。

「何が違うんだろう…あ！」

「なんだ」

「目です。目！」

ある時から、ウオルシュは自分を見る目が優しくなった。

——あれから、全然怖くなくなったんだ。

エナガは微笑んだ。

「なんだ？」

見つめると、ウオルシュも強面《こわもて》が少し照れたような表情になる。

――――ほら、これだけで全然怖くない。

「目がね、優しいと、全然怖くないの」

「大臣を相手に、こんな顔をしろというのか？」

「そんなこと言ってないよ。でも、うーん…そうだなあ。怖い顔になりそうな時は、一回、ぼくとにらめっこするのはどうですか？」

王宮にいる時も、ずっと肩に乗っている。顔面に迫力が出すぎた時は、耳たぶをつついて報せるとエナガは言った。

「そしたら、〝あ、今怖い顔をしたんだな〟ってわかるでしょ？　そんな時は、ぼくとにらめっこするんです」

こんな風に…とエナガは思いっきり頬を膨らませてウオルシュと向き合った。

ウオルシュの〝馬鹿馬鹿しい…〟という顔が、どんどん苦笑に変わっていく。

エナガは満足気に微笑んだ。

「ほら、ね…」

「……」

「いい案でしょ？」

一生懸命見張っておく、そう言うとついにウオルシュはこらえられないように笑った。

「そうだな。まず、お前が肝心な時に眠っていないようにするのが先決だが」

「あ…」

面白そうに笑うウオルシュは本当に快活で豪胆な王そのものだ。

ひとしきり笑ったあと、ウオルシュは片腕でエナガを抱き寄せた。

「王宮に戻ったら努力しよう。だが今日は政務をさぼったからな。明日からしばらくここには泊まれない」

「…ぁ…」

「その分、もう少し味わわせてくれ」

首筋をちゅっと吸われ、エナガは白い肌を桃色に染めて応えた。

◆◆◆

翌日から、ウオルシュはエナガの提案通り、彼を連れて謁見に出ることにした。

大臣や貴族たちは肩にちょこんといる桃色の小鳥をちらちら見るが、誰も何も聞いてこない。ウオルシュは広間まで歩きながら考え込んでしまった。

「……」

彼らが緊張感を持っているのはわかっていたが、もしかして、こんなことすら怖くて聞けないほど威圧感があるのだろうか。

——私が聞けない空気にしているのか?

普通なら〝どうして鳥を連れてくるのか〟ぐらいは、聞かれるような気がするのだ。けれど、思い返せば前回会議に連れていった時も、誰も名すら問わなかった。

別に、気に病むほどではないけれど、エナガから色々と話を聞いたあとなだけに、なんだか気になる。

《怖い顔になりそうな時は、ぼくとにらめっこ》

左後ろにいる大臣の気配がビクビクしているように思えて、ウオルシュは右肩にいるエナガのほうを向いた。

エナガがつぶらな金の瞳で、小首をかしげて見上げてくる。目が合うと、小さく可愛らしい声で鳴いた。

「ほら、もう怖い顔してる」

ピィピィと笑う。そして、はっと顔を向けた大臣にも、エナガは愛想よく鳴いていた。

立ち止まって振り向くと、じゃがいも頭の大臣は、目をぱちくりとしている。ウオルシュはきっとわからないだろうと思って、大臣に通訳してやった。

「…挨拶をしているようだ」

「エナガ様がですか？」

「ああ〝今夜は寒いですね〟と言っている」

ほおお、と大臣は感心した。

「陛下は、鳥語もおわかりになるのですね」

「……まあな」

呪術を会得するのと同じことだった。それなりの師について修行すると、異類との会話はできるようになる。ウオルシュは大臣に問われるままに、育った神殿で、神官や巫女《みこ》たちから古代の術を学んだことを話した。

——不思議なことだ。

今まで、大臣とこんな会話をしたことがなかった。移動中は全て沈黙したままだったし、必要な報告や相談以外は、あまり話をしたことがない。

「そういえば、陛下がお育ちになった神殿は、国の中でも最も古い神殿でございましたね」

「ああ…」

「そうそう。確かあの神殿は、その昔大神官を輩出したほどの神殿でございましょう」

興味深そうに聞いている大臣の隣で、貴族たちも話題に乗ってところどころ口を挟んでくる。

「……」

どれも世間話のようだ。けれど、ウオルシュは、エナガの作る小さなきっかけが、他愛ない会話を生むことに斬新な驚きを覚える。

謁見がはじまってからも、ウオルシュが時々エナガに視線を移すと、エナガは嬉しそうに可愛らしい声で笑った。人には、気持ちよい囀りに聞こえるだろう。自分が時々エナガを見るせいか、拝謁を願い出た者の中からも、恐る恐る会話を振ってくる者が現れる。

「お可愛らしい鳥ですな」

お世辞でも、目を細めて見られると、まるで我がことのようで若干嬉しい。

「エナガというのだ」

「ほお…」

余計な話は、せいぜい名前を聞く程度だ。それでも挟まれる僅かな会話が、相手との距離を大きく変える。

同時に、ウオルシュは自分がやわらかい表情をしているのもわかった。

——場も和んでいる……。

広間はいつもと変わらない。闇の中に蠟燭の明かりが浮かび上がり、人々は華美にならない程度の正装をしてかしこまっている。けれど今夜のそれは、まるで暖炉を前に近況を語り合うような、ほっとする穏やかさが漂っているのだ。

——エナガがいるだけで、こんなに違うのか。

誰もが、肩にいる小さな鳥に目をやる。エナガのほわりとした存在感が場を和ませているのかと思っていたら、エナガがちょん、と頰をつついた。

「ね。ウオルシュが笑うと、みんな喜ぶでしょ？」

——私が？

エナガは丸い目を瞑って笑っている。ウオルシュは目から鱗《うろこ》が落ちるような気持ちだ。

この空気を作っているのは、エナガではなく自分…。そう言われて、彼らが今まで自分の顔色を窺い、かなりビクビクしていたのだと思い至る。

――私が、変わるべきだったのか……。

ゆったりと、話しやすい空気になっているせいか、貴族や役人たちも、いつもより発言が多い。今まではウオルシュが見解を求めても、硬直して〝何もございません〟としか答えなかったのだ。

何でも王任せにして、自分の意見のひとつも言わない貴族たちを、頼むに足りないと思っていた。けれどそれは違った。

――言わないのではなく、言えなくしていた。

異論を挟めない空気にしてしまっていたのだ…。

ウオルシュは自分の施政の欠点に気付き、エナガの作戦を全面的に取り入れることにした。

「では、次の議題は併合した地域の徴税についてでございます」

税を管理する役人が、新しく領土となった地域にある、昔ながらの貯蔵施設が古すぎて使えないと訴えてくる。

「茅葺《かやぶき》の蔵で、柱も板もボロボロです。前の役人どもがずっと放置していたようで、鼠《ねずみ》だらけなのです」

せっかく納めさせた税の小麦が、鼠の餌食になってしまうと嘆く。

「蔵を新設するのにかかる予算はどのくらいだ？」

「そ…それは…ええと…だいたい五万ケピックぐらいでしょうか」

「それは木造での予算か？」

「…え、は……は…い。その……」

――石積みで建設するなら、その十倍はかかるだろう。

試算していないのが見え見えだった。ちゃんとした貯蔵庫を作るなら頑丈な石造りでなければ、メンテナンスの手間ばかりかかってしまう。

黙っていると、大臣は、助け船のつもりで余計なことを言い出す。

「そんなにかかるなら、むしろ鼠取り用に猫をたくさん飼うほうが、安く上がるのではないかね」

「いや、それより納税させたらそのまま都に搬入してしまえば、貯蔵蔵は要らないのではないでしょうか」

もっともらしい意見だが、都まで三日以上かかる。しかも蔵いっぱいになる量の輸送を、誰が、どのようにして運ぶかは考えていない。

思いつきを次々と発言されるより、本当はある程度案を練って、資料と共に再提案させたいのだが、ウオルシュは黙った。

ゆったりと玉座に座り、彼らの意見に辛抱強く耳を傾ける。

「やはり猫だと、鼠を捕り切ってしまったあとが大変なのでは…」

「都の貯蔵庫は、まだまだ入りますから、直接運んでもらうほうがよいかもしれませんね」

いつもなら、こんな無駄な議論は一蹴し、ウオルシュが決めてしまう。どうせ王の命令は絶対だし、そう素晴らしい案は出ないと思うからだ。けれど、彼らが自由に発言できるように、今は敢《あ》えて静かにしている。あまり冷たい印象にならないように、意識して表情を穏やかに保った。

すると、普段ほとんど発言しない老伯爵が口を開いた。

「確か、あの領地には神殿がありましたな」

「ああ、そうですね。丘の上の大きな神殿でしたか」

神殿は石造りで、直轄の薬草園を持っている。伯爵は神殿の穀物蔵を使えないかと提案した。

「あの地域まで石を運んで蔵を作り直すより、よっぽど安上がりで安全でしょう」

　薬草園を持っているなら、蔵もあるだろうし、警備の僧兵もいるはずだ。使用料は、供物で賄えばよいと伯爵が言う。

「どちらにしても、神殿には毎年奉納をせねばなりません。支出はあるのですから」

「ですが、そんな一方的な条件を神殿が呑んでくれましょうか？」

　意見は否定的な反応に圧《お》されて劣勢だ。だがウオルシュはその案を面白いと思った。

　神殿で育てられたから、だいたいの内部事情はわかる。ウオルシュは消えかけたその案を支持した。

　使用料を払うのなら、否とは言わない気がする。

「交渉の余地はあるだろう。蔵の新設を考える前に、まず使者を立て、神殿に伺いを立ててみるように」

　使者として伯爵を指名すると、老伯爵は嬉しそうに拝礼した。

「ありがとうございます。やってみます」

「頼む」

　伯爵は皺を深くして笑う。

「私は、幼き頃あの神殿に預けられましたので、これが五十年ぶりの里帰りになります」

「…ほう」

　意外な話だ。身分の高い家の子どもが神殿で養育されることは決して珍しくはないが、そこはつい数年前まで他国だった場所なのだ。興味が湧いて預けられた理由を聞くと、老伯爵の母親が、当時他国だったその領土の生まれだったらしい。

「ほんの一時期でしたが、あの地域は大昔、ポーリエに属していたこともあったのです」

「ほう…」

　五十年も前の話だと、土地の記録も曖昧だ。ウオルシュは意外なところから知った歴史に感心した。

——自由な意見を聞くのは、価値があるな。

自分の見解だけで決済していたら、手っ取り早く終わっただろうが、こうした知られざる歴史は聞けなかっただろう。無駄な時間なのかそうでないのかは、一概に言えないのだ。

「あー、ゴホン。へ、陛下、そろそろ次の議題に移りませんと…」

大臣がちらりと時計鳥の籠を見ながら言う。いつも議論などする時間を考慮していないので、進行が遅れているようだ。

「そうだな。次を」

「はい。では、次は都の井戸の補修についてでございます」

まだ若い役人がおどおどと玉座の前に進み出てきた。男はひと抱えになる用紙を持ちながら報告をはじめる。

「で、では、奏上させていただきます。え…み、都の中の井戸ですが、まず井戸の形別に区分けいたしますと、それぞれの数が……」

型式、掘った時期、使われる水量、人口当たりに何人分を賄っている井戸かの分類……こちらの報告は逆に細かすぎて、なかなか核心のところまで辿り着かない。だが、大臣はその報告のどこが大事で、どこを端折《はしょ》っていいのかがわからないので、一緒になって頷きながら聞いている。

「あの…それで、一番古い型の井戸でございますが」

ウオルシュは途中で遮ってしまおうかと眉を顰め
たが、焦る役人の顔を見て思い留まった。

どうやら、また自分は怖い顔をして役人を怯えさせているらしい。

相手を委縮させてはいけない。あとで簡潔な報告書に作り直させるとしても、とにかく一度は何が言いたいのか聞くべきだ。

それでもくどくどと続く数字の報告に苛立《いらだ》ってしまい、ひじ掛けにもたれながらエナガの背を撫でる。

すると、不思議と相手に合わせて待つ心のゆとりができた。

「…で、ありまして……その古い井戸は、全部でええと……」

エナガも嬉しそうだ。それに、エナガをかまうことで、しどろもどろになっている相手に、少し猶予を与えてやれる。

「…陛下……あの」

「なんだ？」

「その…肩のエナガ様が、落ちそうです」

背を撫でられて、気持ちよさそうに目を瞑ったエナガは、どうも眠りに誘われてしまったようだ。もう少しで肩から滑り落ちそうになっていて、ウォルシュは左手でそっとその身体を受け取り、膝の上で寝かせた。

「そうだな…それで、結局報告というのは、崩れそうな古い井戸を補修したいということか？」

「は…はい…あ、あと崩れてはいませんが、同時期に造られた井戸も、崩れる恐れがあると思いまして…できればそれも……」

ウォルシュは目を伏せて話した。エナガに視線をやると、気の小さな役人を怯えさせずに済むようだ。

「年代や型式は省いてよい。補修が必要な井戸の数と、その理由、修復にかかる費用を一枚の用紙にまとめて大臣に提出するように。理由と予算が見合う内容だったら、大臣から許可を下ろす」

「は、はい！」

「ただし、補修中井戸が使えなくなる場合、代替井戸を確保し、その地域の住民に周知しておくように」

「はい！　それはもう、もちろんこの通り、計画をしてございます」

　役人は嬉しそうに巻物を長く広げた。これも余計な情報が長々と羅列してあったが、そういうシミュレーションはきちんとできる役人だったようだ。

「ほう……」

　説明は要領を得なかったが、工程計画はしっかりしている。ウオルシュは心の中で、この役人への認識を改めた。

　エナガを手で包み込みながら、なるたけ穏やかな表情で言う。

「次回報告する時は、今の三分の一の時間でできるよう、話をまとめておくように」

「はい！　申し訳ございません…」

　役人は真っ赤な顔をしたが、怯えてはいなかった。

　周囲は、それをほっこりした表情で見つめ、大臣はにんまりと微笑んで、ひとりで頷いている。

　ほんのりと心が温まる空気の中で、エナガだけがひとりで夢の中にいた。


　それからというもの、王城で、エナガはすっかり人気者になった。エナガを連れて政務に出ると、貴族たちは挨拶代わりにエナガのことを口にする。けれどウオルシュにはそれが、彼らにとって話しかけるきっかけになっているのだとわかる。

「陛下、エナガ様に飾りはおつけにならないのですか？」

「首輪か？」

「ええ、まあ、鳥でいらっしゃるのですから、首よりは脚輪のほうがよいかもしれませんが」

実はこんなデザインがあるのだ…と大臣はちょっと嬉しそうに図案を広げてくる。

「金に小粒のダイヤモンドとピンクサファイアをあしらって、アクセントにトルマリンクオーツを嵌め込むのです。エナガ様の桃色の羽に、とてもお似合いかと思うのですが…」

「…確かに、映えるな」

大臣は大喜びだ。金ではエナガには重くて大変だろうと思うのだが、大臣が喜ぶ顔を見ると、あまり指摘する気も起きなくなる。

皆、エナガを話題の種にする。世辞や追従の部分もあるだろうが、本当は話題などなんでもよくて、実は王に話しかけたいだけなのではないかと思えた。

――なるほど。政務の時間だけではわからないものだな…。

謁見や会議のような、人が大勢いる時に言うほどではないことを、雑談に紛れて話してくれる。ウオルシュは、僅かの間にぐっと近くなった貴族たちとの距離感を大切にした。

自分が、これまでどうしてよいかわからなかった隔たりの正体は、まさにこれだったのだ。

――まさか、自分が原因だとは思わなかった…。

大臣や貴族たちを拒絶したつもりはまったくなかった。むしろ、意見は尊重していたつもりだったのだ。だが、自分で思っている以上に、発言を封じてしまう威圧感があったのだろう。

――エナガのおかげだな…。

エナガは宣言通りずっと傍にいてくれる。時々飽きると勝手に広間を飛び回ったり、肝心な時に爆睡していて拍子抜けするが、それも愛嬌《あいきょう》として、緊張する政務の場を和ませている。

不満があるとすれば、仕事が立て込んでいて、人間の姿でいる時にエナガを抱けないということだけだが、こうして傍《かたわ》らにいてくれるだけで、心は充分満たされている。


その日も政務を終え、もうすぐ夜明けというタイミングだった。居室に戻っていると、急に廊下で慌ただしい声がし、扉番兵が観音開きの扉を開ける。

「大変です陛下！　ヴァルプリス軍が！」

駆け込んできた雑兵は、泥だらけの甲冑《かっちゅう》姿のまま片膝を突き、急を告げた。

「ヴァル山脈から、敵兵が干上がった川沿いに進軍してきております」

「！」

その報告に、場が緊迫する。ウオルシュはザッとローブをひるがえし、雑兵を立たせた。

「広間で聞く。将軍と貴族たちも、急ぎ広間に集めよ」

「陛下、夜明けまではあと半刻でございます」

籠の中の時計鳥が警告し、ウオルシュは頷いた。

大臣が慌てて伝令のための小姓を呼びつける。やがていったんは戻りかけた貴族たちが広間に集まり、ウオルシュは玉座で報告を受けた。

進軍してきたのは、山向こうの騎馬民族だ。休みなく早馬で駆けてきたという兵士は、疲労と憔悴《しょうすい》を滲ませて奏上した。

「我々は国境を警備しておりました。昼の見回りの時は異常がなかったのですが、陽が沈んでから、枯れた川を移動する影を発見し…」

――あの、水枯れを起こした川か……。

冬の山越えは、商人でも難儀する。戦にも不向きだから、冬に戦争が起こる確率はとても低い。しかし、何かの方法で水を堰き止めたのなら、川底が露出して、馬も歩兵も移動しやすいだろう。

「現在、我が軍は砦《とりで》の警備兵を川下に先回りさせ、迎撃すべく準備しております。私は、とにかく城にこのことを報告するようにと命じられ、駆けてまいりました」

敵兵に知られてはいけないので、警備隊長はのろしを使わず、城に報せの雑兵を送ったようだ。

「軍勢はどの程度かわかるか？」

「そ、それが…細い川を一列で進んでくるので…」

最初に姿を発見したところですぐ報せに出てしまったので、全容はわからないのだと、兵士は申し訳なさそうに答えた。

――一列では一度に大量の移動はできない、だから夜陰に紛れて移動したのだろうが…。

数が少なければ迎え撃たれて一網打尽にされてしまう。敵は、こっそり夜間に少しずつ侵入し、ある程度の規模になってから夜明けを待って攻撃するつもりだろうと判断した。

――冬の、警備が手薄い時期を狙うとは。

隣国の動きは偵察しているつもりだったが、ここまでは読めなかった。ウオルシュはしばらく思案し、将軍を呼んだ。

「マルティンカ将軍、そなたに指揮を任せる。軍の半分をもってすぐに国境へ向かい、砦の警備兵たちを援護せよ」

立派な口ひげを蓄えた丸顔の将軍は、玉座の前で片膝を突いて拝命した。

「かしこまりました、陛下。必ずやヴァルプリスめを山向こうへ追い返してみせます」

マルティンカは、ウオルシュが王太子だった時に部下として従えた武将だ。実戦経験は豊富だし、浅慮な行動は取らない。しかし、不測の事態にどこまで柔軟に対応できるかは不安が残る。

――だが、軍の指揮は誰かに任せなければならない。

夜が明けたら、自分は鷹の姿になる。軍を率いるなど当然できるはずもない。ウオルシュは内心で歯嚙みした。

自分で指揮できないのがもどかしい。軍も内政も、人はよいが力量のおぼつかない家臣ばかりで、こんな時に彼らに任せるのは、心配で仕方がなかった。

――だが、もうすぐ夜が明ける。やるしかない。

「残り半分の軍隊は王城と都を守れ」

闇に紛れて国境を越えてくる敵が、川から来る一部隊だけだとは限らない。敵がどう来てもよいように、首都を守らなければならなかった。

「畏れながら陛下。そのお役目はぜひ私めに…」

進み出て膝を突いたのは、ツガーリン副将軍だ。副将軍は切れ長の黒い目を伏せ、必ず城を守ると申し出た。

「国境はマルティンカ将軍が率いれば百人力でしょう。私の出番はございません」

「副将軍…」

「私も功を立て、ぜひ国の役に立ちたいと願っております」

「…」

残留する軍にも指揮者は必要だ。だがツガーリン副将軍は先の王弟公セーファスの配下だった男だ。

――確かに有能だが…。

自分の不在時に、全権を彼に任せるだけの信用ができない。ウオルシュは沈黙のあと、後陣の守りの総指揮を大臣に命じた。

「大臣…」

「は…はい……」

転がるように玉座の前に出て膝を突いた大臣を、ウオルシュは強い視線で見つめた。

「承知の通り、私は昼の間この城を守ることも、軍を指揮することもできない」

今は、どんなに頼りなくても大臣を信じるしかない。

「万一、日中に都に攻め込まれた時は、そなたに全てを任せるしかないのだ」

「は…はい………」

「私に代わって民を守ってくれ」

「……は……」

大臣は深々と頭を下げた。戦などしたこともない彼に、それは途方もない重圧だろう。

首のあたりで、緊張しながらそっと寄り添ってくれているエナガの体温を感じる。ウオルシュはその感触を噛み締め、両脇に並ぶ全ての家臣を見渡した。

「そなたらの力を信じる」

自分の想いは、言葉にしなければ伝わらない。

「ツガーリン副将軍」

「は」

「そなたを信頼する。大臣によき助言を与え、都の守りに務めてくれ」

「……かしこまりました」

「皆も、急な事態ゆえ不安だろうが、大臣を助け、支えて欲しい」

貴族たちは息を呑んで見つめてくる。

王に従ってさえいれば、安泰な暮らしがいつまでも続くと思っている、人はよいけれど強さはない人人に、自分たちで考え、判断してもらわなければならないのだ。

「私は鳥に姿を変え、まずは国境の敵の陣営を偵察する」

唯一、この呪いに利点があるとしたら、自ら敵の陣営を俯瞰《ふかん》できることだ。鳥の姿なら、誰よりも早く正確に、ヴァルプリス軍の進撃ルートを把握できるだろう。

「その陣容は、エナガを通して軍に伝える」

聴衆がざわめく。聞いているエナガもびっくりした顔をしているが、ウオルシュはちらりと肩へ顔を向け、目で〝頼んだぞ〟と伝えた。

エナガを得たことは、神の恩寵のように思える。エナガなら、鷹になった自分と苦もなく会話ができ、さらにどこでも人の姿に戻って軍にその情報を伝えられるのだ。

「陛下、夜明けまでもう僅かでございます」

時計鳥が不安そうに鳴く。ウオルシュはすっと立ち上がった。

「時間がない。マルティンカ将軍、ツガーリン副将軍、大臣、あとは任せた」

「は！」

ざっと全員が拝礼し、ウオルシュは足早に玉座を下りる。黒テンのローブをひるがえしながら素早く居室に戻り、ウオルシュは鷹となって、国境へと飛び立った。

ウオルシュは朝焼けの空に鷹の翼を広げて飛ぶ。

「エナガ、大丈夫か？」

「はいっ！」

音を立てて風を切り、一直線に国境を目指す。エナガは脚の間にしっかり挟まっていたが、吹きつける向かい風に晒されながらも緊張して前を見ていた。

雪原は太陽の光を受けて黄色みを帯びている。

朝陽は眩しいほどに輝き、薄く空にたなびく雲は虹色に端を染めて美しい。けれど、この静寂な光景が、ウオルシュの心を焦らせた。

――嵐の前の静けさのようだ…。

嫌な予感がした。単に隣国が奇襲をかけてきただけとは思えないのだ。

――その目的はなんだ…？

ずっと、彼らが豊かな平原の国を狙っていたことは確かだ。だが都を守る城壁は堅牢で、念のため半分を守りに残したが、馬で襲ってきてどうできるものでもない。

もし、今までと違う武器や戦法があるとしたら何だろう。ウオルシュは風切り羽を風に唸らせて飛びながら、ずっとそのことを考えていた。

――勝算がなければ、動かないはずだ。

ヴァルプリス軍の動きは奇をてらっただけではない。きっと何かがある…。

平原が終わりを見せ、青く稜線《りょうせん》を描く山脈が近づき、右前方に森が見えはじめた。ウオルシュは報告されていた河川を探しながら飛行した。

――あれか…。

山々が連なる谷筋から、細く蛇行した窪みが見える。薄く雪を被っているが、ほかの場所より浅い。一列に騎馬兵が並んでいるのが見えて、ウオルシュは鋭い眼で列全体を俯瞰した。

――思ったより小規模だな。

兵の数はせいぜい数百というところだ。いくら少数精鋭の奇襲とはいえ、これは少なすぎるのではないかと訝しむ。

――動いていない？

夜から進軍していたのなら、相手の不意を突くためにも最速で攻撃を仕掛けるべきだ。なのに行軍はまるで次の指示を待つかのように川沿いに立ち止まっている。

都を目指すのではないとすると、彼らは何をしているのだろう。

「ウオルシュ、森の入り口にロニがいる!」

――……?

エナガの声に、行軍が待機している場所から離れた森を見た。

騎馬兵が数騎見える。身なりからして先頭にいるのが総指揮を執っている者だろう。その両脇には屈強な戦士がふたり、大ぶりの剣を佩《は》いて護衛しており、その後ろには木製の檻を乗せた馬を守る雑兵がいた。

そこからひとりだけ離された人影が見える。エナガの集落の若者・ロニだ。

ロニはまるで森に追い立てられるように二名の歩兵に詰め寄られていた。ウオルシュは上空を旋回しながらエナガに尋ねた。

「あの檻の中にいる鳥は、お前の仲間か?」

エナガが驚いた声を上げる。

「うん……みんな、夏の終わりに戻ってこなかった人ばかりだ」

粗末な木組みの檻には、銀色の羽を持った鳥が三羽ほど見える。鳩《はと》くらいの大きさで、どれも穏やかそうな姿をしていた。

森へと追い立てられたロニは、不本意に顔をしかめている。けれど何度も馬上の檻に囚われた仲間を見て、仕方なしに森へと足を踏み入れているようだ。

――仲間を人質に脅されたか……。

騎馬兵も、うかつに神聖なる森には入れない。ウオルシュは状況から見て、目的は『鳥族の卵の殻』なのではないかと予想した。

鳥族の卵の殻は、軽くて剣にも負けぬ強度を持ち、さらに剣の影さえも透けて見える。もしこれを盾《たて》にできたら、最強の防具になるだろうという代物だ。

——昔、そんな風に聞いたことがある。

誰がそんなことを話したのだろうと考え、ツガーリン副将軍だったと気付いた。幾度目かの諸国併合に祝杯を挙げた宴の席で、〝もし鳥族の殻を手に入れることができたら、きっと最強の軍隊になる〟と、セーファス公に進言していたのだ。

ウオルシュはそれを思い出した瞬間に、耳の後ろがぞわりと緊張した。

嫌な予感と、いくつかのシグナルが不吉な繋がりを見せている気がする。

「まず、あの人質を解放する。エナガ、私が檻を破壊するから、彼らを誘導してくれ」

「はいっ！」

非力な小鳥を閉じ込めるには充分だからだろう、檻自体はそう頑丈ではない。ウオルシュはきらりと灰黒色の眼を光らせ、エナガを離すとその鋭い爪を立てたままで急降下した。

「うわああっ！」

ウオルシュの両翼は、広げると馬よりも幅がある。勢いよく檻の天井を蹴破り、鳥たちが飛び立てる隙間を作った。

「みんな！　飛んで！」

エナガが声をかけて檻の上空を旋回し、鳥たちを誘導する。だが、檻の中から悲痛な声がした。

「ダメなんだエナガ！　私たちは飛べない」

「えっ…」

よく見ると、鳥たちは羽ばたいているのだが、どういうわけか少しも浮き上がらない。ウオルシュが鋭い眼を眇めた。

――あの背中は。

白銀の羽は、背中側だけ赤黒く染まっている。何か文字のように見えて、ウオルシュはそれが呪符ではないかと予想した。

飛べないようにされているのだ。

――仕方がない。

「鞍《くら》から切り離す。摑まっていろ！」

「うわっ」

ウオルシュは腰を抜かしている兵士たちを嘴と爪で威嚇し、嘴で鞍に固定していた縄を千切ると、檻ごと摑んで上空へと飛んだ。

「森へ運ぶ。ロニ、誘導してくれ」

「う……うん」

ロニはすぐさま森の中に駆け込んだ。

騎馬兵たちのことは気になるが、自力で逃げられない彼らを放っておくわけにいかない。ウオルシュは雪を被った樹々が続く森の上を飛んだ。森の中に入ってしまえば、敵も追ってこられないだろう。

眼下で、エナガが森の中を必死で走るロニと並んで飛んでいる。ウオルシュはこのあたりなら大丈夫だろうというところまで来て高度を下げ、枝の隙間を縫うようにして地面まで檻を下ろした。

「ウオルシュー！」

獣も通らない雪深い樹々の間を、桃色の小鳥が飛んでくる。ロニも後ろから息を切らしてどうにかついてきていた。

「みんな！」

「エナガ！」

檻の中で、鳥たちがエナガの姿に泣きそうな声を上げた。エナガもパタパタと檻の周りを飛んでいる。

そのあと、ようやくロニが辿り着いた。飛べない彼は、荒い息を吐きながらガクガクになった膝に手を突いている。

「ロニ…大丈夫？」

「あ、ああ…みんなも、怪我はなかったか？」

「ああ…」

鳥たちは返事をしながらもウオルシュをこわごわと見やる。エナガが説明する前に、ロニが話した。

「この人は、ポーリエの王さまだよ。……助けてくれたことは礼を言う。ありがとう」

「いや…」

ウオルシュは彼らを凍らせてしまわないよう、距離を取って木の枝に留まり、何故隣国の兵に囚われていたのかを尋ねた。

「卵の殻と引き換えにすると言われて、人質に取られたのです」

「やはりそうか…」

鳥たちは恐ろしそうに経緯を語る。


「夏の終わりの頃です。私たちは一番に夏毛が抜け替わり、冬の姿になりました」

もうすぐやってくる冬に備えて、短い秋のうちにたくさんの食料を蓄えなければならない。いち早く冬仕様になった者たちは、早熟の果実を求めて森の奥深くを飛んだ。

「その時、豹《ひょう》に捕まったのです」

「豹？」

「はい。術を使う豹でした」

捕まった鳥族は隣国・ヴァルプリスの王のもとに連れていかれ、そこで卵の殻を差し出すように迫られたという。

「けれど、彼らが森に入れないのはわかっていました。豹は私たちの棲み処を白状するように迫りましたが、誰も仲間の場所を教えたりしませんでした」

すると、豹は捕らえた鳥たちを使って呪いをかけた。鳥たちは己の背を視線で示す。

「豹の血で描かれた呪文です、〝銀の羽をすべて奪い取る〟という呪いです」

毛の生え変わっていた彼らは飛べなくなった。そしてロニたちの銀の羽も呪いで奪い取られ、生え変わることができなくて飛べなかったのだ。

――エナガは、銀羽にならないからな。

一年中桃色の翼だったから、エナガには呪いがかからなかったのだろう。

「飛べなくなったら、仲間たちは食べるものを探してきっと森から出てくる…豹はそう言っていました」

そして目論見《もくろ》通り、鳥族は食料を探して遠出をするようになった。

「それで、ロニが捕まって…」

「森を出たのか」

そんなに困窮していたのなら、もっと早くもう一度食料を届けるべきだった…と心の中で悔やみながら見ると、ロニは顔をしかめた。

「俺が森を出たのはエナガのためだ」

「ロニ…」

「エナガのためじゃなければ、誰がそんな危ないことをするもんか。見ろ、お前がエナガを攫ったせいで、こんな風に余計な争いに巻き込まれた」

「ロニ、助けてくれた恩人にそんなことを言うもんじゃない」

たしなめる鳥たちに、ロニは憤った。

「何が恩人だ。そもそも、こいつらが俺たちに関わらなければ、こんな災厄は起きなかったんだ！」

「ロニ！」

「あいつはポーリエの玉座を狙ってるんだ！　つまりはお前たち森の外の問題だろ！　何で鳥族を巻き込むんだ！」

「……〝あいつ〟とは誰のことだ？」

興奮しているロニに、ウオルシュは冷静に尋ねた。

ロニは吐き捨てるように言う。

「あの豹だよ。あいつは豹なんかじゃない。豹の身体を乗っ取った呪術師なんだ」

森にはいくつもの〝古き民〟がいる。それぞれ魂の兄弟となる動物があって、鳥族は鳥の魂を、狼族は狼の魂を持って生まれる。

「では、その豹は豹族なのか？」

ロニも、だんだん落ち着いてきたようだ。嫌そうな顔をしながらも、問いには答えてくれる。

「いや。あれはただの豹だ。セーファスっていう呪術師が、勝手に豹を乗っ取ってるんだ」

「セーファス……？」

それは亡き王弟公の名だ。ウオルシュが聞き返すと、ロニは間違いないと言う。


「ヴァルプリス王お抱えの呪術師なんだそうだ。俺は王の前まで引きずり出されたから、王がそう呼んでいるのを聞いた」

――……まさか。

たまたま同じ名だったという可能性はある。だが、セーファス公の妻は希代の呪術師だ。

それは、戦に呪術が使えるようにと、王弟公がわざわざ探し出して妻に迎えた女性だった。

偶然にしては引っ掛かりがあって、ウオルシュはロニにその呪術師はどこにいるかと尋ねた。

「さあ…」

「鳥族の秘宝を手に入れるのが目的なら、何故先ほどの隊にいなかったのだ」

豹の姿はなかった。ロニは、城を出る時から王しか同行しなかったと証言する。

「……そういえば、ちょっとおかしいよな。でも、王はすごく乗り気で、どこの国も持っていない最強の武器を作るんだって、勇んでいたぜ」

「……」

「ウオルシュ?」

――王が囮《おとり》だったか……。

本当に卵の殻だけが目的だったのなら、もっと目立たない人数で、商人の姿でも装って森に近づけばよいのだ。それをわざわざ王を親征させて部隊を組み、出陣させたのは、陽動作戦だったのではないかとウオルシュは思う。

――だとすれば、本当の目的は城だ。

呪術師が王弟公と同一人物かどうかはわからないが、術を使う相手なら、何ができるか予想がつかない。ウオルシュはめまぐるしくいくつかの推測を重ね、単独で城に戻る判断を下した。心配そうに見上げているエナガに手短かに伝える。

「お前はまず、この者たちを棲み処に連れて帰れ」

「ウオルシュは…」

「私は一度城に戻る」

ぼくも、という声を遮って飛び上がった。

「そこにいる者たちは飛べないだろう。ロニの足で村まで戻るのは難しいはずだ。お前が飛んで、仲間の応援を呼べ」

「ウオルシュ!」

「血を洗い流せば呪いは解けるはずだ」

手伝ってやれないが、村まで戻ればできるだろう。

ウオルシュはそう判断して振り返らずに上昇する。

今は、陽が沈むまでに城に戻ることが先決だ。仮に先ほどの敵軍が都に向かっていても、あの数なら残留軍で充分迎撃できるし、今からマルティンカ将軍を都に向かわせても間に合わない。

――杞憂《きゆう》であればよいが…。

だが、留守部隊が守る都を呪術師に攻め込まれた場合、大臣では到底統率しきれないだろう。そしてウオルシュはどうにもツガーリン副将軍のことが気にかかっていた。

――彼はセーファス公の部下だった。

国に忠誠を捧げているようには見えたが、演技でないという保証はない。

冬の短い陽射しは、すでに黄色味を帯びて森の樹樹は雪に長く影を伸ばしている。ウオルシュは空気を切り裂くように飛び、平原の都を目指した。

広大な雪原。紫色を帯びてくる空。

飛び続けているうちに、だんだん空気が夜の冷たさを漂わせ、あたりは夕暮れになった。

東の空はもう紺色に染まっている。鳥も獣もねぐらに戻り、薄暗い雪原はもう生き物の気配がしなかった。ウオルシュは逸《はや》る心を抑えてひたすら飛んだ。

地平線の彼方に、灰色の城壁に囲まれた都が見えてくる。だが同時に茜色の太陽は、最後の輝きを放って地平線に沈もうとしていた。

もうすぐ、呪いが解けてしまう。

――間に合ってくれ…。

びゅううと唸る風に乗り、猛烈なスピードで滑空する。ウオルシュはぐんぐん近づく石積みの城壁を軽々と飛び越え、街並みの上を飛び、紺色の空にそびえる青い王宮へと飛び込んだ。

最上階の王の部屋は、唐草の透かし彫りを施された鎧戸が全て開かれている。王の帰りを待つために、いつも夜になるまで開けられたままなのだ。ウオルシュは太陽の最後の輝きが消えてしまう直前に、どうにか居城に帰り着くことができた。

鎧戸の傍には、宮女たちが待ち構え、窓際には赤い衣を着た大臣と、軍服にマントをつけたツガーリン副将軍が並んでいる。

「陛下！　陛下！　ああ、無事にお戻りくださったのですね」

大臣が絹を手に泣き出しそうな声で喜んでいる。

鷹の姿で部屋に着地すると、みるみるうちに身体は煙をまとったように揺らぎ、ウオルシュは人の姿に戻った。

「ご心配申し上げておりました、陛下」

宮女たちが両脇から駆け寄って衣を着せかける。

だがその衣装を着終わる前に、廊下側の扉が開き、豹を連れた背の高い男が現れた。

「やはり戻ってきたか…」

「！」

――セーファス公…。

黒い長衣に金糸を編み込んだ上着を羽織ったセーファスは、左手に鎖を巻き、その鎖で豹の首を戒めている。王弟公は右手を挙げて命じた。

「ウオルシュを捕らえよ！」

「な、なんですと！　あ、こ、これ…ツガーリン殿、なんということをなさる！」

ツガーリンは兵を呼び、ウオルシュはあっという間に数人の兵士に取り囲まれた。同時に大臣も兵士に囲まれる。ツガーリンは大臣の首に大ぶりの剣を当ててウオルシュを見た。

「陛下のお強さは身に染みておりますからな。兵をいくら集めても陛下を捕らえることなどできません」

にやり、と刃先を大臣の喉に押し当て、すっと鮮血を滲ませる。大臣が小さな目を剝《む》き、悲鳴を呑み込んだ。

「……こういう手段を取りませんと、不可能だとわかっております」

「ツガーリン……」

「へ、陛下…っ……わたくしのこと…など、どうぞかまわず………っ」

大臣の声に、ツガーリンが冷ややかに笑う。

「もちろん、大臣ひとりではありませんよ。今頃広間では全ての貴族が縛り上げられています」

貴方は、見殺しにはできないはずだ…と副将軍は言い、セーファスは満足気に笑った。

「さすが、私の部下だ。手際がよいな」

「恐れ入ります」

「陛下っ」

――……。

反撃体勢を取りかけていたウオルシュは、逆らわずに両腕を下ろした。セーファスは得意気に兵士に捕縛を命じる。

「最も頑丈な鉄の鎖を三重にかけよ。そして地下へ連れてゆけ」

勝ち誇るセーファスに、ツガーリンが膝を突いて恭しく礼を取る。

「この日を心よりお待ち申し上げておりました。我が陛下…」

「うむ…」

「陛下が即位される日だけを夢見て、今日までそのお身体をお守りしてきた甲斐がございます」

――なんだと…?

ウオルシュは振り返ったが、彼らはあざ笑うようにウオルシュを引っ立てて地下牢へと幽閉させた。

◆◆◆

エナガは必死に森の中を飛び、長老をはじめとした仲間を呼びにいき、ロニと囚われていた鳥族を集落へと連れ戻した。

銀色の冬毛をした三人は、飛べないだけでなく、人の姿に戻ることもできない。彼らを連れ、森の奥深くにある棲み処まで戻った頃には、すっかり日が暮れてしまった。

森では女性たちが、火を熾して待っていてくれた。周囲は真っ白な雪が積もっているけれど、卵の殻の家々を囲む丸い広場は地面が見え、真ん中には石で囲った焚火が赤々と燃えている。

「ロニ！　無事だったのね」

「まあ、みんな…よく生きて……」

鳥族の女たちは、男たちが着ているものよりも裾が長い服を身に着けているが、どちらも縁に美しい色糸で刺繍がしてある。青い服と赤い帽子、同じように赤い肩掛け《ケープ》をするのがお約束だ。それに樺《かば》の木の皮で編んだ膝下までのブーツを履いている。女たちは次々と帰還者を労り、焚火で沸かしたお茶を淹《い》れ、小鳥の彼らが凍えてしまわないように、夏の間に織った布でくるんでやる。村長が男たちに命じた。

「酒壺を持っておいで」

冬毛の三羽は白髪の老人を不安そうに見上げる。

「長…」

「単純な呪いだったら、この呪符を消せば解けるはずだ」

ウオルシュもそう言っていた。

取り囲んでいた人々が息を呑む。長老は黒の神と白の神の名を唱えながら、こびりついた血に酒をかけた。

「ヴィエールノ、チェールノ、どうぞ鳥族にご加護を」

背にかけられた酒はどす黒い血を洗い流していく。穢《けが》れが薄く流れ落ちていき、銀色の羽毛は美しさを取り戻した。すると飛べなかった冬毛の鳥は元気よく翼を広げ、ひと羽ばたきしたあとふわりと人間の姿に変わった。

「戻れた！」

「わあ！」

見守った村人たちからも、どよめきの声が上がる。人の姿に戻れた若者たちの傍に次々と駆け寄った。

「よかった。戻れたのね」

「ああ、なんてこと…」

ずっと行方を案じていた友人や伴侶が、抱きしめてはらはらと涙を流す。長老も、いかめしい瞳に驚きを湛《たた》えていた。

「……まさか、本当に呪いだったとは」

「長老さま」

「平原の王の指摘は正しかったか…」

――ウオルシュ…。

長老は感慨深く呟いていたが、村の人々は、無事に人の姿に戻れた三人のことで頭がいっぱいだった。

皆、喜んでいる。けれどエナガは彼らの無事を確認できた以上、ウオルシュのあとを追いたかった。

「よかった…じゃあ、ぼくはこれで」

――急がなきゃ…。

ウオルシュのことが心配だ。しかし、飛び上がろうとしたところで背後から手が伸びて、エナガはその手の中に捕らえられた。

「ひゃ…っ！」

「どこへ行くつもりだ！」

「なにするの、ロニ！　離して！」

手の中でジタバタするが、どうやっても逃げられない。エナガは人間の姿になって抵抗した。

「あいつは駄目だ！」

「なんで！」

「俺たちは森の外の人間とは関わらない種族なんだ」

「関係ないもん！　ぼくはウオルシュが好きなの！」

だから城に行く…。そう宣言したが、言い争っているうちに、再会に沸いていた人々がどんどんエナガたちのほうへ集まりはじめる。

「この、わからずやが！」

「ロニ、落ち着いて」

レニが憤るロニを抑え、フィリが屈《かが》み込んで服を着せかけてくれる。

「確かに、ポーリエの王には感謝しているよ」

「フィリ…」

「食料ももらったし、こうして人質も助けてもらった。でも、僕らよりずっと強い彼らに、僕たちは何ができる？」

ロニも説得しはじめた。

「彼らは戦をはじめたんだろう。そんなところにお前が行っても何もできない」

「でも…」

「ポーリエとヴァルプリスの問題だ。我々鳥族には関係ないし、どうにもできないぞ」

――だって、ウオルシュはとても大変な状況なんだよ…。

呪いのせいで全ての指揮を取れないまま、王として国難に直面しているのだ。そんな時に、自分だけ安穏と森の奥に逃げ込んでいていいわけがない。

「どうして、みんな……あ！」

――火が！

「え？」

エナガが森の向こうの空に上る火柱を見つけ、思わず声を上げた。人々も、まるで稲妻のように鋭く天に上がる炎を見て、驚いている。

「オゴーニさん……」

――あれは、水晶城の方向だ。

炎の精霊、オゴーニの上げた報せに違いない。エナガは立ち上がってその警告の光を見つめた。

「何かあったんだ…。きっと、ウオルシュが大変なんだ……」

「エナガ…」

オゴーニの炎は、いつもとは違っていた。勢いよく楽し気に上げる火柱ではなく、まるで危機を伝えようとするかのように、ピカピカと鋭い炎で夜空を照らしたり消したりして信号を送っている。

「…城に行かなきゃ」

「駄目だエナガ！　危険があるなら、余計行かせるわけにはいかない」

「離してロニ！」

両肩を掴むロニを、必死で振りほどこうとする。

「ウオルシュを助けにいく！」

「あいつなら自分で何とかする！」

「…ロニ」

ロニは綺麗な顔をしかめて叫ぶ。

「あいつは強い…悔しいけど、それは認める。あいつならどんな窮地に陥っても自分で解決できるはずだ」

「そうだよ。彼ならきっと大丈夫だ」

あんなに強い王はいない…助けてもらった若者たちまでも、安心させるようにエナガに言う。エナガは口々にウオルシュを賞賛する人々を、もどかしい気持ちで見つめた。

「ちがう…」

「エナガ…」

――なんで…？

何故そんな風に思うのだろう。

「なんで…強いとひとりで大丈夫ってことになるの？」

ロニもフィリも、村の女たちも、皆〝何を言い出すのだろう？〟という顔をしている。エナガはそんな表情を見ながら、それが宮廷の貴族や大臣たちの姿と重なって見えた。

「大変な時は、みんな力を合わせるでしょ？　危なかったら助けにいくじゃない。なんでウオルシュが強いからって、誰も助けてあげないの？」

宮廷でもそうだった。大臣も貴族たちも、全てウオルシュに平伏して従うけれど、誰もウオルシュに代わって何かを解決しようとはしていなかった。

ひとりで戦えるからといって、ひとりでいいという理屈にはならない。

「だからって、お前が助けにいくのは駄目だ」

「なんで！」

「誰でも助けにいけばいいってもんじゃない。かえって邪魔になることもある」

「…っ…」

「あの王に迷惑をかけてもいいのか？」

エナガには反論する言葉が思いつかなかった。

――確かに、本当のことだ。

もし自分が敵に捕まるようなことがあったら、仲間のように人質となってウオルシュに迷惑をかけるだろう。

「ここで待っているのが、相手のためでもあるんだよ」

「…」

自分が非力だというのはわかっている。

鳥族は森の外の人間のように強くない。さらに、自分はその中でも、特に劣っていると知っている。

――足手まといは動いちゃいけない…。

自分が、すごく我儘《わがまま》を言っているような気がする。

大人やロニたちの言い分は、とても正しいのだ。

——でも…。

それで、自分が森で隠れている間、ウオルシュはひとりで戦うのだ。エナガの心の中では、もやもやと収まりのつかない感情があった。

「ぼくは…」

できないからやらないというのは、本当に正しいだろうか。自分はどうするのが一番〝正しい〟のだろう。

——ウオルシュは…ウオルシュならどうして欲しいと思うだろう…。

自分にできることではなく、ウオルシュの望むことをしたい…。エナガは言い聞かせようとするフィリたちに向かって言った。

「ぼくは剣も振るえないし、捕まってしまったら迷惑をかけるかもしれないけど、でもウオルシュを独りぼっちにさせたくない」

大事そうに頬にすり寄せてくれる感触が甦る。

——どんな時も…。

「ぼくはウオルシュの傍にいたいの」

「……エナガ」

「捕まらないように、気を付けるから」

報せの炎は幾度も点滅を繰り返している。エナガにはそれが、ウオルシュの助けを呼ぶ声のように思えた。

心配で、恋しくて、ぽとりと涙が頬から落ちる。

「肩にいるしかできなくても、ぼくはウオルシュと一緒にいたい」

再びぐっと込み上げた涙を呑み込み、エナガは飛び立とうとする。すでに飛べるようになっていた若者三人は、すぐ銀毛の鳥となってエナガの行く手を遮った。

「行かせて！」

「駄目だったら。誰か、エナガを止めて」

背伸びして止めようとしていた人々も、同時に自分たちの呪いが解けたことを知った。飛べることに気付いたのだ。幾人かは鳥の姿に戻り、数羽でエナガを取り囲む。

「余計なことをするんじゃないよエナガ」

「鳥族まで戦に巻き込まれたらどうするの」

皆の心配はもっともだ。考えも正しい。

「みんなにも迷惑かけないようにするから、わっ…」

嘴でつつかれ、翼で叩き落とされそうになって、地上にいたロニが飛び出してきた。

「やめろ！　エナガを傷つけるな！」

「ロニ！」

ロニが手を伸ばす。また捕まえられてしまうかとエナガは身をひるがえしたが、ロニは眉根を寄せながら両手を広げていた。

「俺がエナガを護衛する。俺も一緒に連れていけ」

「……ロニ」

「お前ひとりでは危険だ」

ためらいながらその手に下りると、ロニはエナガを手のひらに乗せたまま長老たちのほうを振り返った。

「俺は平原の王に助けてもらった借りがある。借りはきっちり返さないと、鳥族の名折れになるからな」

森の外に行くことを許してくれと長老に頭を下げ、長老はむむ…と唸った。

「それは鳥族全体で礼をせねばならんことだろう」

「…長老様」

長老が溜息をついた。

「仕方がない。ワシらも行く」

「長老さま！」

「ロニの言う通りじゃ。鳥族として、人質を救ってもらった恩義には、報いねばならん」

戦いと聞いて怯《ひる》んでいた人々も、長老の言葉には逆らわなかった。長老が片手を上げて合図をすると、鳥族は全員一斉に銀白色の鳥の姿になる。

「エナガ、そなたが先導せい。ワシらは行き先がわからんからな」

――――みんな…。

何十羽もの鳥族が、夜の森に美しく白く輝く。エナガはその姿に胸が詰まった。森の外に決して出ない一族が、ウオルシュのために水晶城まで行ってくれるというのだ。

「……みんな…ありがとう」

ウオルシュのために誰かが動いてくれるというのが、自分のことのように嬉しい。

「エナガ、急げよ。あの火、どんどん白い光になってるぞ」

「あ、うん」

ロニが最後に鳥の姿になった。エナガは慌てて水晶城に向かって飛び上がった。

「こっち！」

桃色の小さな翼で先導する。無数の鳥の群れは、夜の森を飛んだ。

ロニがすぐ隣で羽ばたきながら鳴く。

「今は協力する。その代わり、あいつに借りを返したら、お前に話がある」

◆◆◆

石の城壁に囲まれた王城は、塔のあちこちに松明《たいまつ》が掲げられ、あらゆる場所に歩哨《ほしょう》が立つ厳戒態勢になっていた。大臣は、ウオルシュが地下牢へと連行されたあと、縄を解かれた。

だが背後には常に槍を突きつけた兵が控え、ツガーリン副将軍は少し離れたところからにやりと笑う。

「大臣、貴方は城中の鍵といくつもの権限を持っている。我々のために、働いてもらわなければなりませんからね」

「ツガーリン殿……」

ツガーリンは腕組みした。

「まず、国庫の鍵をお渡しいただきましょう」

短く切りそろえた黒髪と黒い瞳、理性的で冷静な武人だ。ずっと国に忠実で、とても王に刃《やいば》を向けるようには見えなかった。大臣は背中に当たる槍の先端にビクビクしながらツガーリンに問いかけた。

「な、なぜ…こんな、ことを…」

「何故？」

ツガーリンが面白そうに片眉を上げる。こんな風に冷静なことが、大臣には信じられない。

「陛下を裏切るなど…どうして…」

「私は一度たりともウォルシュ殿下に忠心を捧げたことはありませんよ。私は、国に対して跪《ひざまず》いただけです」

鎖帷子《くさりかたびら》と武具をまとい、肩にマントをなびかせたツガーリンは容赦なく大臣の腰から鍵束を取り上げる。

「この国にふさわしい王はセーファス陛下以外にない、私はずっとそう思っていた」

「ツガーリン殿……」

「さあ、次は大臣の発令を書いていただきましょう」

「え、な、なにを…」

「処刑の執行命令書です」

「えっ………」

大臣は絶句してツガーリンを見る。だが、副将軍は当たり前、という顔をしている。

「この国は今、王が不在だ。そして明日の朝には、国を惑わせた邪悪な鷹を、城の前の広場で処刑する」

「な……」

ずい、とツガーリンが大臣の鼻先まで近づく。

「この国に呪いを導いた邪悪な鷹だ。生かしてはおけない」

「なんということを！　陛下は王ですぞ！　陛下は呪いを我が身に移されて……」

「経緯はどうあれ、呪われた鷹に王の冠を戴《いただ》かせるわけにはいかない」

「ふ……副将軍…」

「さあ書きたまえ、大臣。それとも、貴方も呪われた鷹の共謀者として処刑されたいか」

「…ひ…」

大臣は小さな目を必死で瞬かせた。

ツガーリンはこの上なく冷静だ。命令書を書かなかったら、本当に殺されるだろう。恭順を示すと、ツガーリンは頷いて大臣室へ向かうように命じた。

「は…はい……」

声がひっくり返る。大臣は躓《つまず》きそうになりながら階段を下り、大広間の奥にある大臣室に向かった。

その間も、頭の中を駆け巡っていたのは、信じられないという気持ちだった。

――一体、どういうことだ……。

つい先日までは、なんの問題もない平和な国だったはずだ。

もちろん、ウオルシュには呪いがかかっていたし、王が夜にしか姿を現せないという特殊な事情はあったけれど、ウオルシュの即位からずっと、政《まつりごと》はつつがなく行われていた。都は繁栄し、戦が絶えなかった近隣の国は併合され、政治的に安定していたはずなのだ。

――それなのに、何故……。

おどおどしながら歩くと、回廊のあちこちに武装した兵士が立っているのが見えた。全て、ツガーリン副将軍の配下の兵だ。

――ウオルシュ陛下の指揮した軍は、国境に向かってしまっている。

国境がどうなっているのか、大臣にはわからなかった。もしかしたらそこで戦っているかもしれないが、もしすぐに征伐したとしても、マルティンカ将軍が戻ってくるまでには、あと半日はかかってしまうだろう。それに、きっと戻ってきても城門は開かれず、彼らは都から締め出されてしまうに違いない。

絶望的な気持ちになる。全ては、周到に仕組まれたものなのだ。

――もう、私は生きていられないかもしれない。

どうしてセーファス公が生きているのか、まったくわからないが、あれは王弟公本人なのだろう。

セーファスはウオルシュを処刑して、自ら王となるつもりだ。そうなったら、きっとウオルシュの臣下たちは自分も含めて殺されてしまうに違いない。

――ああ、なんということだ…。

「大臣、どうされた？」

足が止まり、ツガーリンが問う。大臣は兵士たちに両脇を囲まれながらはらはらと涙を流した。

どうして自分が殺されなければならないのだろう。

――真面目に、誠実に仕えてきたのに…。

恐ろしさと絶望のあまり、へたり込んでしまった大臣に、ツガーリンは冷ややかに笑った。

「そう怯えなくても大丈夫ですよ。貴方は殺さないでおいてあげましょう。何しろ貴方はウオルシュ殿下に代わって昼間の宮廷を指揮していた方だ。色々と知っているでしょうからね」

「…副将軍」

「安心したでしょう？　さあ、急ぎたまえ、時間がない」

ツガーリンは腰が抜けて歩けない大臣を、兵に両脇を抱えさせて歩かせ、大臣室まで引きずった。大臣は、みっともなくズルズルと絨毯の上を引っ張られながら、広間に縛られたまま固められているほかの貴族たちの前を通る。

それに気付いた大臣は、思わずひとりの貴族に向かって叫んだ。

「伯爵殿！」

「大臣！」

高い身分の貴族たちだから、捕縛されているとはいえ絹張りの椅子に座らされ、丁寧な扱いを受けていた。大臣の姿を見つけると、何人もの貴族がウオルシュの安否を気遣う。

「陛下は？」

「あ…」

「陛下はご無事でいらっしゃるか」

「そ…それは……」

答える前に、大臣は兵士に引きずられて遠ざかってしまう。広間からは、大臣自身を案ずる声が追いかけて響いた。

「必ず王が助けてくれます！　大臣も、それまでの辛抱ですぞ！」

――伯爵殿……。

大臣には、とても返事をする力はなかった。ウオルシュは三重の鎖で繋がれ、地下牢に幽閉されているのだ。それも、わざわざ鷹の姿に変わる夜明けを狙って処刑される。

いくらウオルシュが優れた王であろうと、今度ばかりはどうにもならないだろうと大臣は思った。王は殺され、自分もしばらくは生かしておいてもらえるだろうが、いずれツガーリンに殺されてしまうだろう。

金ぴかの扉が開かれ、大臣は机の前に強引に座らされた。

「さあ、書きたまえ」

「……」

紙が広げられ、インク壺が置かれ、羽根のペンを握らされる。大臣は言われるままにウオルシュの処刑を命じる書をしたためはじめた。

ツガーリンが書くべき文章を言う。

「……この鷹は、呪いを持ちながら王を騙《かた》って民を欺いた不届き者である…」

ツガーリンの声と、さらさらとペンを走らせる音が響く。

「……よって、セーファス王の名のもとに、この邪悪な鷹を処刑する」

読み上げる声に従いながら、大臣は涙をこぼし続けた。

「大臣、インクが滲んでしまう。また書き直さなければならないではありませんか」

「…すみません。悲しくて……」

どうして自分がウオルシュを処刑するための文言を書かなければならないのだろう。

――陛下は、そんなお方ではないのに……。

民のために、呪いまで背負ってくれた方だ。けれどポーリエの民はそんなことを知らない。鷹の姿を見たら恐ろしい猛禽だと思ってしまうだろうし、きっと処刑執行書を信じてしまうだろう。誰よりも善政を敷いた王は、偽りの姿のまま殺されてしまうのだ。

「……」

嘆きは、だんだんと理不尽さに対する怒りに代わっていった。

「…大臣？」

「あ…いや……その……」

――このままでいいんだろうか…。

サインをすれば、執行命令書はできあがってしまう。自分の命令書でウオルシュは死んでしまうのだ。

大臣は急に手を止めた。

「あ……あの、ツガーリン殿」

「何ですか？」

「だ、大事なことを忘れておりました」

大臣はバクバクと心臓を跳ね上がらせながら口を開いていた。

「その…命令書には印が必要なのです。それは、陛下の居室に置いてあって……」

「…」

ツガーリンが疑り深く片眉を上げている。だが大臣はあらん限りの勇気を振り絞って説明した。

「命令書は、あの印がないと効力を持たないのです。部屋に取りにいかなければ」

「…誰かに持ってこさせましょう」

「きっと場所がわからないと思います……わたくしが取りにいきましょう。もちろん、兵士を連れて」

――口から心臓が飛び出しそうだ。

思いついた手段を実行に移せるかどうかもわからない。それでも、大臣はありったけの言葉でツガーリンを説得した。

――私は……死んだっていい……。

殺されると思った時、心底怖かった。殺さないとは言ったけれど、ツガーリンの言葉など信じられるはずがない。

けれど、殺されてしまうくらいなら、どうせ死んでしまうなら、自分から抵抗してみよう…そういう気持ちになれたのは、ウオルシュのことを考えた時だった。

――陛下を、見殺しにするなんて……。

あれだけ国のために犠牲を負った王を、むざむざ死なせてしまうなど、できない。

「急いでいるのですよね。ならば、わたくしがこの書を持って王の部屋に行ったほうが、早いのでは……」

「……よいでしょう。私もついていきますがね」

「もちろんですとも」

――絶対に、死なせてはいけない。

疑惑の目を向けながら、渋々承諾するツガーリンを前に、大臣は震える心で決心していた。

――陛下を、お救いせねば……。

「さあ、では、まいりましょう」

大臣は膝がガクガクする足で最上階へと向かった。両脇には兵士が槍を持ってついてくるし、背後ではツガーリンがぴったりと監視している。けれど、王の部屋まで階段を上りながら必死で考えを巡らせた。

――今、動けるのは水晶城の炎の精霊だけだ。

王城は完全にツガーリン一派に制圧されている。もしマルティンカ将軍が都まで助けに戻ってくれるとしても、城で謀叛が起きていると報せる手段がない。

「……」

炎の精霊に、何ができるのかはわからない。ただ、大臣が思いついたのは、オゴーニに報せる炎だった。

水晶城からは、王が帰城しない時にオゴーニが炎の柱を上げてそれを報せてくれる。だから、もし逆に連絡がなかった場合、オゴーニが王城のほうを気にしてくれることも、あるかもしれないと考えたのだ。

――今日は、水晶城には帰っていないはずだ。

ウオルシュは国境まで飛び、そして急いで戻ってきた。何も報せる間がなかったのだから、オゴーニが心配して王城を気にかけてくれている可能性はある。

問題は、どうやって報せるかだった。

大臣は歩きながら忙しく視線を走らせ、何度か頭の中で想定してみる。

「……」

脂汗が額に浮かぶ。リアルに考えれば考えるほど、自分にはとてもできそうになくて、だんだん弱気になっていった。

——……もし、失敗したら……。

陰謀を疑われ、自分はその場で殺されてしまうかもしれない。

——それに、もしオゴーニが気付かなかったら。徒労に終わったら…その想像をすると、ますます怖くなった。

オゴーニが気付けるほど大きな炎など作れるだろうか。あんな遠くの別城まで見える炎になるだろうか。もし、炎を作っても、オゴーニが異変だと思ってくれなかったら…。

危険を冒してまでやる価値はあるだろうか…そう考えると、このまま大人しくしているほうがいいように思われてしまう。

——だが、そうしたら誰が陛下を助ける？

逡巡しているうちに、大臣は階段を上り切ってしまった。扉が開かれると、見慣れた王の部屋はセーファスが現れた時のまま、鎧戸が開けられ、夜の寒寒とした空気が部屋に吹き込んでいる。

「……」

それはまるで、ウオルシュにかけられた呪いのようだった。

――陛下は、こんな冷たさの中で、耐えていらしたのだ……。

今まで、その辛さを忍ぶことはあったけれど、実感として捉えたことはなかった。どこか〝大変そう〟だと他人事のように考えていたのだ。けれど、月明かりが薄く差し込むこの暗い居室を見た時、大臣はまるで王の心の中を見たような気持ちになった。

大臣は振り向いて兵士に命じる。

「暗くて、とても探せない。灯りを貸してくれ」

ランプを受け取り、その暖かい色をした光が部屋を照らすのを見ながら、大臣はウオルシュの心を和ませた桃色の小鳥を思い出す。

――エナガ様……。

エナガは、ウオルシュの鋼のような心を溶かし、寄り添える温かな存在だった。自分たちがまったく王の心を安らげることができなかったのに、あの小さなエナガはウオルシュに微笑みをもたらした。

――私も、エナガ様のように陛下のお役に立ちたい……。

頼りにならない大臣かもしれない。王を守れなかった家臣だ。けれど、それでもできる限り頑張りたい。大臣は意を決してランプを持ったまま、盛大に絨毯へと転んだ。

「おおっと！」

――今だ！

「大臣！」

「うわっつ……火がっ！」

勢いをつけて床に転がり、ランプの油は絨毯へと染みて、あっという間に火が燃え広がる。大臣も、覚悟はしていたが、炎が舐めるように伸びると、恐ろしさでへたりながら逃げ回った。

「わあっ！　燃えるっ、燃える！」

「火を消せ！　誰か！　兵を！」

ツガーリンが命じ、兵士たちが燃え広がる炎を消そうとする。大臣は怯えながら、それでも騒いで逃げ回る風に見せかけ、燃えそうなものを次々と絨毯に投げ込んだ。

蠟燭、絹の衣、香油…部屋中を駆け回り、どんどん火柱になっていく炎に燃料を投下する。部屋は窓から吹き込む風に煽られて勢いよく燃え、赤々と床や天井を照らした。

――気付いてくれ、オゴーニ……。

王に忠誠を誓った精霊だ。彼に伝われば、もしかするとマルティンカに連絡することができるかもしれない。

「大臣を捕まえろ！」

「何をしている！　消火が先だ！」

怒号が響き、命令が混乱した。大臣は捕まりそうになりながら部屋中を逃げ、己の毛皮を脱いでその裾に火を移し、木製の美しい鎧戸を、なんとか燃やそうとした。

毛皮を鎧戸に挟むと、透かし彫りの繊細な模様が、じわじわと燃えはじめる。

――お許しください…。

先王が精魂を込めて築いた美しい装飾を燃やすことに、良心の呵責を感じる。そして、自分でもこんな綺麗なものを灰にしてしまうことが悲しかった。けれど今は炎を遠くまで掲げ、遥か遠くの別城まで報せることしか考えられない。

火事だ、と眼下に見える人々が騒ぎはじめた。天《てん》蓋《がい》から数々の服をしまった戸棚まで、火を付け回った甲斐があって、消火が追いつかず、王の居室は全体が大きな炎となりつつあった。

「大臣をひっ捕らえろ！」

黒い煙の中を、兵士が這って捕縛に来る。大臣はやり切った満足感で、じっと目を瞑った。

――もう、死んでも悔いはない。

◆◆◆

エナガは水晶の城を目指して飛んだ。

夜空は雲ひとつなく、煌々とした月明かりに、水晶の城はきらきらと光って見える。鳥族は桃色の羽のエナガを先頭に、白銀の群れとなっていた。

「オゴーニさーん！」

「ちび助！」

金色の丸屋根にいたオゴーニが気付いて飛び跳ねた。稲妻のような鋭い焔を止め、ぴょんぴょんと屋根の端に下りる。エナガたちも屋根に沿って丸く留まった。

オゴーニは嬉しそうだ。

「よかった。お前、王さまがご無事か知ってるか？」

「……ううん。それが……」

エナガは、明け方からの一連の騒動を説明した。するとオゴーニは驚いたように炎を赤く揺らす。

「なんだって？　セーファス公が呪術師？」

「え？」

エナガは、オゴーニの言葉でようやく呪いをかけたディレッタの夫の名を思い出した。

「でも、その人は死んじゃったんでしょ？」

同じ名の別人ではないかと言うと、オゴーニはうーんと唸る。

「そんなにある名じゃない。それに、王さまはその名を聞いてから城に戻ったんだろ？」

「…うん」

「……やばいかもしれない」

「オゴーニさん？」

「そいつが本当に王弟公かどうかは別にして、その呪術師が国境進軍を囮にして、城を狙った可能性はある」

「え…」

「やっぱり、あれは異変の報せなんだ」

ウオルシュが朝になっても水晶城に戻ってこないのが少し心配で、オゴーニはずっと窓から王城のほうを見ていたのだという。

「そしたら、夜になって王城から火の手が上がったんだ」

「え…？」

「大きな火だ。それで、もしかしておいらに何かを伝えようとしてるんじゃないかって思って…」

オゴーニは心配そうに炎を細長くした。

「たとえおいらの目でも、ここから見えるほどどってことは、そうとう大きな炎にしなきゃいけないさ。篝火くらいじゃ、あの大きさにはならない…」

オゴーニは、ウオルシュに見えるように、返事のつもりでずっと一番強い、白い焔を上げたのだ。

「けれど何の返信もこない…ってことは、やっぱり城で大変なことが起きてるんだ」

おそらく、ウオルシュが返事もできないような事態だ…そう言われて、エナガは全身が総毛だった。

「…助けにいかなきゃ……ぼく、王城に行く！」

「おいらも行く！　運んでくれ！」

「うん！」

「おいエナガ、どうやって…」

待ってて、とエナガは言い、急いでウオルシュの寝室へ下り、敷布を咥えて引っ張る。

「んーっつ。運べない…っ」

「エナガ、貸せ、俺がやる」

「ロニ…」

ほかの仲間も次々と下りてきて、白銀の鳥たちは敷布の四隅を嘴で摘んで引き上げた。

オゴーニが水晶塊ごとその真ん中にごとんと飛び込む。

「悪いな…おいらは飛べないから」

「大丈夫ですよ。お任せください」

ほかの鳥たちも、快く炎の精霊を持ち上げた。オゴーニを乗せた敷布を咥えたまま、窓の外へと飛び立つ。

「急いで！」

もう真夜中だ。ウオルシュのような大きな翼を持たない鳥族では、辿り着くのに夜明け近くまでかかってしまうだろう。誰よりも小さなエナガは、懸命に羽ばたいて彼らの先頭を切った。

――ウオルシュ…無事でいて……。


どうにか城が見えてきたのは、夜明けまであと一刻という時だった。オゴーニが見つけた炎はとうに消え、遠くからでも焦げたような臭いが漂ってくる。

「ただ事じゃないな…」

オゴーニは敷布の中から城を覗き、最上階の部屋が黒焦げになっているのを指摘した。

「それだけじゃない。あちこちに兵が立ってる。まるで戦争状態だ」

「どうしよう…」

いつもなら最上階の居室に飛び込む。けれど、今はそこに入れるのかどうかもわからない。オゴーニに問うと、精霊はあてがあると言った。

「もし呪術師が城を押さえてしまったのなら、見つからずに侵入するほうがいい。おいらが方向を教えるよ。最も人が少ない場所がある」

北の塔だという。

「地下牢があるんだ。だから、普段は寂しい場所さ」

それにしても侵入するなら作戦が要ると言って、オゴーニはいったん、城から離れた廟の屋根に止まるよう指示した。

「敷布の端を細く裂いてくれ」

屋根を押さえている石をいくつか失敬し、リボンのように裂いた布の片方にしっかりと結わえる。こんな時、簡単に人の姿に戻れる鳥族は便利だ。小石を何個か敷布に積むと、鳥族はオゴーニの命令に従って北の塔があるほうへと飛ぶ。

城に充分近づいたところで、オゴーニが指示した。

「今だ！　石を投げろ！」

ひとりずつリボンの端を咥え、遠心力をかけて夜空へと放り上げる。オゴーニはその布の端に炎を吹きかけた。

弧を描いて、まるで火の玉のように石付きの布が燃えながら飛んでいく。塔の警備兵は尾を引く炎に驚き、何事かと空を見上げた。

「それっ！　中に入れ！」

オゴーニが囁き、鳥たちは次々と塔の中に入っていった。

螺旋状に続く石段の上を、下へ、下へと向かう。階段の壁には、等間隔で鉄製の突出燭台に松明が差してある。鳥たちの影が曲線を描く石壁に伸び、エナガたちは地下牢まで来て、ようやく人の姿を見つけた。

「大臣！」

石牢の檻の中に、顔を煤だらけにした大臣がしょんぼりと座っている。檻の前には二名の兵士が見張りに立っていて、エナガたちは見つからないように慌ててその手前に留まった。

「どうして大臣が…」

「事情は本人に聞くのが一番だな」

オゴーニはそう呟くと、運んでいる鳥たちに、兵士の頭の上で自分を落とすように指示する。

「ん…っ、なんだ？　うわっ」

頭上まで飛んだ鳥の一羽が、咥えていた布の端を離す。オゴーニの入った水晶の塊が頭を直撃して、兜《かぶと》を被っているのに、兵士は昏倒《こんとう》した。オゴーニはそのまま弾みをつけて、驚いて構えたもうひとりの兵士の頭に向かって飛ぶ。

「それっ！　これをお見舞いだ！」

倒れた兵士の腰から、鳥族が素早く鍵束を摘み上げ、牢の内側に投げて滑らせる。大臣はびっくりしたまま固まっていた。

「大臣さん、早く鍵を取って」

「…エ…エナガ様……」

信じられない…という顔で、小さな目をめいっぱい開いている大臣に、エナガは人の姿に戻って話しかけた。

「大臣さんが、炎を上げてくれたんですね。オゴーニさんが気が付いてくれて、みんなで助けにきたんです」

ごとん、とオゴーニが石床の上で得意そうに水晶塊を揺らす。大臣は床に跪いたままホロホロと涙をこぼした。

「……見つけて、くれたのですね……よかった……頑張ってよかった……」

「大臣さん、泣いてるばかりじゃわかりません。ウオルシュはどこにいますか？　呪術師は？」

エナガは大臣の丸い大きな背中を撫でてあげながら事情を聞いた。大臣も、煤だらけの頬を拭いながら、そうでした…と気を取り直す。

「セーファス王弟公が生きていたのです。陛下は、わたくしどもを人質に取られて抵抗できず、地下牢へ幽閉されてしまい…」

「ここじゃなくて？」

「もっと下です。セーファス公が捕らえられていたところで、そこは王族を幽閉する時にしか使いません」

しかも、夜が明けて鷹の姿に戻ったら、城の前の広場で処刑されるのだという。エナガは慌てた。

「た、大変。急いで助けなきゃ」

「焦るなちび助。ちゃんと作戦を練らないと勝てないぞ。相手は呪術師だ」

オゴーニが思案する。鳥族の仲間は、見張りの兵士が気絶している間に着々と服を奪い、兵士の恰好に成りすましていた。


「…まず、二手に分かれよう。兵士の恰好ができた者がほかの鳥たちを隠したまま広間に向かう。そこで人質になっている貴族たちを解放してくれ」

足枷《あしかせ》となっている人質を取り戻さないことには、ウオルシュが動けない。さらに、エナガとオゴーニは大臣と共にウオルシュ救出のため地下へと向かうことにした。

「村長殿、人質解放の指揮をお任せする」

「承った。オゴーニ殿も、無事を祈る」

「相わかった」

オゴーニは大臣に抱えて持ってもらうことにした。エナガは大臣の肩あたりを飛んでいく。

オゴーニは水晶の中で焦って炎をゆらゆらさせた。

「さあ急げ！　夜が明けたら処刑されちまう！」

◆◆◆

ウオルシュは地下深くの牢で、石壁に繋がれていた。

両手首を覆う厚い鉄の腕輪には鎖が三重に取りつけられていて、それががっちりと壁の鉄輪に通され、固定されている。まるで磔《はりつけ》のように両腕を取られ、足首も同じように鉄鎖で固定されていて、座ることもできないままだ。

かろうじて腰から下は筒履きを着けているが、筋骨隆々とした上半身は剝き出しのままで、足は裸足《はだし》だ。だが、ウオルシュは己の身なりのことなどまったく気にしていなかった。縛められた姿のまま、冷静に独房の状況を観察する。

――見張りはふたりか…。

鉄の柵はがっちりと石に嵌まっている。ここは城の基礎となる岩石層をくり抜いた場所で、堅牢さは折り紙つきだ。

――ここから出るチャンスは、処刑の時…。

おそらく、完全に鷹の姿に戻ってから運び出すのだろう。縛めはそのために厳重にされているのだと思われる。ウオルシュは夜明けまでの残り時間を推測しながら、事態を覆す方法を模索した。

広間に囚われている貴族たちの安全を守りながら、己の処刑を回避し、あの呪術師の正体を明かさねばならない。

――あれは、確かにセーファス公だ。

では、何故死んだはずの彼が生きているのだろう。考え続けていた時、独房の外が急に緊張を帯びた。足音が近づき、兵士が鎧を鳴らして敬礼する音が聞こえる。

――あの呪術師か？

じっと気配を窺っていると、鉄柵の右下にある小さな入り口が開けられ、セーファスが入ってきた。手には鎖を持ち、あの豹を連れている。

セーファスは身を屈めて牢に入ると、振り向いて牢番たちに命じた。

「しばらく下がっておれ。ふたりだけで話したい」

「は……」

兵が階段のほうまで下がっていく。セーファスもウオルシュも、黙ってその間互いを見ていた。

セーファスは呪術師らしい黒いフードつきのマントをまとっている。

深く被ったフードの下には、ウオルシュの父・ルカス王によく似た、色白で繊細そうな面差しがあった。彼らは双子だ。

線の細い、美麗な目元。父より幾分気難しそうな薄い唇。長い銀色の髪。その死体は、二年前確かに冷たく石床に横たわり、医師は死を確認したのだ。


両者ともじっと互いを見つめ続け、先に口を開いたのはセーファスだった。

「……お前が余計なことをしなければ、今頃とうに王座におったものを」

「叔父上……」

セーファスが、女性のように整った美しい顔を歪《ゆが》ませる。

「本当なら、私がお前を八つ裂きにしてやりたいくらいだ」

民の前で処刑しなければならないのが口惜しいと、本当に苦々し気に吐き捨てる。ウオルシュは、セーファスの憎悪の理由を知りたかった。

「そこまで王座をお望みでしたか」

七つの諸国を平定し、王宮に戻ってきた時、セーファスは兄である父王を殺していた。現場を押さえたウオルシュは当然、王を弑逆《しぎゃく》した謀叛の罪で捕らえた。だが、何故セーファスが突然強硬手段に出たのかは謎《なぞ》のままだ。

父と叔父は、共に長くこの国を治めてきたはずだ。どうして、あのタイミングで簒奪を試みたのか…。

二年前に聞けなかった答えを待っていると、セーファスは美しい眉を歪めた。

「…お前にはわかるまい」

ぎり…と鎖を握る手が強くなる。

「お前の父親は、私が辺境で戦っている間も、ずっとこの都で安穏と過ごしていたのだ。自分は戦いは嫌いだから、と」

自分だって好んで荒くれた土地になど赴いたりはしない…。セーファスは憎々し気に吐き捨てた。

「私たちは偉大なる前王の采配で、ルカス兄上は智をもって、私は武をもって協力し合いながら国を治めるよう命じられた…」

親の命令に従ったが、決して己が望んだことではない。

「武を補うために、ルカスは戦士の村から娘をもらい受け、私は智を補うために呪術師を妻にした…」

それは、どちらが国を治めることになってもよいようにという配慮だったはずだ、とセーファスは言う。だが、伴侶を深く愛した兄は、妃の産んだ子を跡継ぎにと望んでしまった。

「まだ幼児のお前が後継者とされた。では、私はどうなる？　一生ルカスのやりたくない争い事だけを引き受けて終われと？」

「……叔父上」

「お前を殺そうと、ずっと狙っていた」

流麗な瞳が憎しみを込めてウオルシュを睨んだ。

「勘付いたルカスがお前を辺境の神殿に隠してしまうまで、何度も暗殺を試みたのだ」

「……」

「けれどお前は死ななかった」

ウオルシュはその憎悪に満ちた告白を受けながら、それまで縁の薄かった親の想いを初めて知った。

――私を、守るために……？

王の子といえど親元からは離されて育つ。だから、乳母のもとで養育されたことも、神殿に預けられたことも特に不自然には思わなかった。ただ、王太子と目されながら、都から遠く離れた古い神殿にやられたことには、違和感を持っていたのだ。

「神官たちに守られ、お前はまんまと成人してしまった。その上、戻ってきたお前は、どんな前線に追いやっても無事に帰ってくる…私がそれをどんなに腹立たしく見ていたかなど、お前は知る由もないだろう」

王位の兄弟相続は珍しくない。実際、ツガーリンのようにセーファスを支持する派閥もあった。だからこそ、父王はウオルシュに武功を挙げさせ、次代の王としての実力をつけさせようとしていたのだ。

「けれど貴方は、一度も王位継承を口にされなかったではありませんか」

政敵になるというのは、充分理解していた。だが、セーファスはずっと即位表明をしなかった。継承争いは、少なくとも表立ってはいなかったのだ。

セーファスは冷ややかに笑う。

「時期を待っていただけだ。諸国と揉めている間に王位争いとなれば、その隙をついてくる者が現れるからな」

まずは平原一帯の制圧がなされるまで、ウオルシュの力を利用するつもりだったようだ。

「お前のおかげで労せずにして平定が成った。そしてお前が都に戻ってくるまでに王の座を交替しておくのが最もよいタイミングだと思っていたのでな」

「……」

ウオルシュは、何故父が惨殺されたのかを知って、眉を顰めた。

「あと少しで私が即位したものを、お前はいつでも私の邪魔をする…」

「玉座とは、最も力を持つ者が得る地位。その力には武力だけでなく時の運もある。失礼ながら、叔父上にはそれがなかった」

セーファスが顔を歪ませる。

「…わかったような口を！　呪い持ちになり、こうして身動きひとつできない立場に落ちておきながら、何を言う」

まるで積年の恨みつらみを晴らすかのように、セーファスはわざわざウオルシュに近づき、捕らわれた姿を嘲笑する。


「お前の言葉通り、最も力ある者が王となるなら、私が王となるのは当然だ。お前は運のない男だったということだな」

セーファスは得意気だった。ウオルシュは、セーファスがただ積もりに積もった不満をぶつけたいがためにここへ来たのだと悟った。

――処刑するだけでは、気が収まらぬか…。

己の勝利を、どうしても誇示したいのだろう。自分の欲しかった玉座を奪った甥《おい》を、屈服させたくて仕方がなかったのかもしれない。

――ここまで憎まれていたとはな…。

氷のような無機質な美貌を持つ王弟公は、常に己の心中を見せない存在だった。

軍を率いるのは、確かにあまり好きではなかったのだろう。王である兄が宮廷で笑いさざめいている間、戦火をくぐり、危険を冒さなければならないのは、不公平に感じたとも思う。

しかしそれも、兄の次に王位を継ぐと思えばこそ、耐えてきたのだろう。それなのに、弟ではなく息子に継がせると言われたら、憤るのは当然だ。

セーファスの言い分は、一分《いちぶ》の理があると思える。けれどウオルシュには、それでセーファスが王になるべき…とまでは思えなかった。

――叔父上は、王の器ではない。

決して自分の力量が最良だとは思わないが、少なくともセーファスに王位を譲る必要はないと判じた。それは我欲ではなく、国の安寧を基準に置いた判断だ。

ウオルシュは勝利を誇示するセーファスを見ながら、静かに問いかけた。

「…何故、あの時死んだはずなのに、こうして生きておられるのか、伺ってもよいか」

「今さら、聞いてどうする」

「ポーリエの次の王が、甦った死人だとは思いたくない…」

「ふん……」

セーファスは捕らわれたウオルシュを前に、立場の優位さを感じているのだろう。その怜悧《れいり》な性格に似合わない饒舌《じょうぜつ》さを示した。

「死んでなどいない。あれは、仮死に見せかける術だ。まず、この牢を脱出せねばならなかったからな」

「奥方の術か…」

セーファスの薄い唇が嗤《わら》う。

「もちろんだ。あの女は私に夢中だったからな」

捕縛されたあと、ディレッタはすぐ救出に来た。セーファスはそこで、豹に魂を乗せて森へと逃げたのだという。

「身体をここに置いておけば、いつでも戻れる」

――ツガーリンが守っていたというのは、その仮死状態の身体か…。

処刑だったらできなかっただろう。自死だったから、ウオルシュは王族として遇し、遺骸を廟に安置したのだ。

――しかし、それなら何故ディレッタは命を賭して呪いをかけたのだろう。

獣に魂を移す術を行ったのなら、ディレッタは夫が死んでいないことを知っているはずだ。ウオルシュはその不自然さに、さりげなくセーファスを誘導して問いかけた。

「ディレッタ殿も、それを知っていたら命を引き換えにするほど呪ったりはしなかっただろう…」

何故教えてやらなかったのだ…と責めると、クッ…とセーファスが喉の奥で笑った。

「呪いをかけたのは私だ」

「公…」

美しい瞳が邪悪さを帯びる。ざわりと銀色の髪が揺らめいた。

「あの女のおかげで呪術は会得した。呪術さえ扱えるようになれば、もう用はないからな」

「…なんだと」

「あの女も、まさか己のかけた呪いの供物が、自分の命だとは思わなかっただろうよ」

残忍な笑みが浮かぶ。

「術の最後に、ディレッタの命を捧げたのは私だ。呪術師の魂は最高の代償になる」

――己の妻を陥れたのか…。

計画は完璧だった…とセーファスは過去を振り返った。

「〝夫のいない国に太陽の光が差さないように〟…つまり、私がいなければこの国は闇に閉ざされる。

どうしても私を王に迎えなければならなくなるはずだったのだ」

――なんということを…。

「それを、お前が……」

ウオルシュは呪いを移し、セーファスが帰還せずとも国は太陽の光を享受できるようになってしまった。呪術師は忌々し気にウオルシュを見た。

「ヴァルプリスに呪術師として取り入り、鳥族の殻を餌に王をけしかけ…お前のせいでひどい遠回りをしなくてはならなかった。だが、そのおかげで水の精霊を使役できるようになったことだけは、幸運だったがな」

「…水枯れを起こしたのも、やはり貴方か」

「当然だ。これがあるからな…」

セーファスは腰のベルトに括《くく》り付けていた紐をほどき、小瓶を指で摘んでみせた。中に、精霊が閉じ込められているらしい。小瓶からは小さく悲鳴が聞こえた。

「この精霊を使えば水脈を自在に操れる。川を枯らすのも、大洪水を起こすのも自由自在だ」

――セーファス公……。

勝ち誇るセーファスを前に、ウオルシュは怒りが込み上げた。

――王位欲しさに、民を苦しめるとは…。

国が闇に覆われたら、大事な河川が枯れてしまったら、民がどれだけ困窮し、恐れるかわからないはずがない。けれどセーファスにとって、王位を得るためなら民の犠牲はどうでもよいことなのだ。ウオルシュにはそれが許せなかった。

――貴方は、やはり王になる資格はない。

「貴方に白の神の祝福がなかったのも、当然だ」

「なんだと！」

ウオルシュは鎖に繋がれたままセーファスを見据えた。こんな男に、神が統治を祝福するはずがない。

「私がいなくとも、きっと貴方に王位を継ぐ日はなかったはずだ」

王は、民を導き守る存在だ。そして、それは王ひとりで行うことではない。ウオルシュは、ようやく叔父と父王との違いを理解した。

「己の欲望のためなら誰を犠牲にしてもかまわないという王に、ついていこうという貴族はいない」

ツガーリンのような者もいないわけではない。けれど自分が王太子だった時〝セーファスのほうがよい〟という論調にはならなかった。

セーファスは優秀な指揮官だ。見識も深く、兄とそっくりな容姿を持ち、能力では兄と同等だと評価されている。

決して兄王に引けを取らなかったのに、人望という点で王には及ばなかった。それは、どこかで父王のような温かみに欠けていたからではないかとウオルシュは思う。

――人のことは言えないが…。

自分も決して貴族たちと交流があるとは言いがたいだけによくわかる。セーファスと父との違いはそこなのだ。

父は確かに戦を嫌う柔弱な部分があった。ウオルシュには理想論にしか見えなかった策もある。だが、父王は、セーファスよりも自分よりも、確かに王侯貴族と民に愛されていた。

誰もが父を慕い、誇りに思い、父を王に戴き続けたいと願っていた。それは、父王が何よりも民を犠牲にすることを嫌ったからだ。

「父と同じ年齢の貴方に、王位を継ぐチャンスはそもそもなかった…」

「…」

　父が王位を下りる頃には、セーファスもまた同様に老いる。兄が在位している限り、即位できない。

「貴方は王になる命運を持っていない。私は、貴方に譲位するつもりはない」

「貴様……」

　ウオルシュは心の中を整理しながら、同時にセーファスの怒りを煽っていた。

　ここで彼が怒りに駆られて攻撃を仕掛けてきたら、もしかすると反撃できるチャンスが生まれるかもしれない…。じりじりと体勢を整えながら、ウオルシュはセーファスが冷静さを失う瞬間を待った。

　――……？

　セーファスが怒りに目元を赤くしはじめた時、ウオルシュは人払いしたはずの牢の外が騒がしくなったのに気付いた。

　セーファスは激高して、それをわかっていない。

「…その口、二度と開けぬようにしてやる！」

「ウオルシュ！」

「エナガ！」

　セーファスが手にした鎖を振り上げかけたのと同時に、エナガが檻の間から飛び込んできた。

　桃色の翼が、場違いなやわらかさをもたらし、さらに檻の向こうから水晶の塊が投げ込まれた。

　――オゴーニ…。

　オゴーニは大臣の投げた水晶から飛び出し、ゴウッっと炎を吹き上げてセーファスを襲う。セーファスはとっさに腕で庇った。

「うわっ……！」

　反撃のために、セーファスが腰から小瓶を掴んだ。

「オゴーニ！　避《よ》けろ！」

　水の精霊を呼び出されてしまったら、オゴーニが消されてしまう…。ウオルシュが叫んだが、それよりも大きく、セーファスが叫び声を上げた。

「ぎゃあああっ！」

「えっ！」

「うわっ…」

誰もが想像していなかった光景に驚いた。セーファスが小瓶を摑むために鎖を摑む手を緩めた瞬間、首を縛められていた豹が反撃したのだ。

「ぎゃああ、うわあああっ…」

豹は怒りのままにセーファスに襲い掛かり、鋭い牙で喉笛を嚙み切る。その凄《すさ》まじい怒気に、止める暇もなかった。

豹は、ずっと己の身体を勝手に操っていた者に苛立っていたのだろう。鎖はきっと、ただの鎖ではなかったのだと思う。術をかけられていたから反抗できなかったのだ。

グルル…と喉を唸らせた豹は、緩んだ鎖を頭を振って払い落とし、自分の身体を乗っ取っていたセーファスの息の根を止めた。

豹は興奮冷めやらぬ顔をしたままウオルシュたちの方を一瞥すると、さっと逃げ道を見つけ、檻の間をくぐり抜けて走り去った。

「あ…」

「追うな。好きにさせておけ…」

あの豹は森の生き物だ。自由を取り戻したら、森へ帰るだろう。誰が自分を苦しめたかはわかっているようだから、むやみにほかの人間を襲ったりはしないと思う。

大臣は、血だらけで絶命したセーファスを前に、檻の向こうで腰を抜かしている。オゴーニは開きかけた小瓶のコルクを恐ろし気に見ていて、檻の外には何羽もの白い鳥がいた。

「ウオルシュ〜っ」

「…エナガ」

気が付いたら、エナガは肩に留まってわんわん泣いている。

「死んじゃうかと思ったっ…つ」

ふわふわの毛を首元に擦り付けて泣くエナガの、素直な感情が胸に染みた。

「心配をかけたな…。私は大丈夫だ」

温かな幸福感に、ウオルシュは微笑んで頬を寄せた。

◆◆◆

騒動から数日後、エナガはウオルシュの脚の間に乗せてもらって、一緒に国境へと向かっていた。

燃えてしまった居室は、大急ぎで修復工事がされている。無事に解放された人質の貴族たちも、お手柄だった大臣も、ホッとした様子で政務に戻った。

マルティンカ将軍は川沿いに進軍してきた敵兵を蹴散らしたそうだが、念のためにもう少し国境警備隊と一緒に見張りをするという。ウオルシュとエナガは、その警備隊の砦に近い、枯れた川へ来ていた。

ウオルシュが大きな爪を地面に下ろすと、エナガもぴょんと飛び下りて、ウオルシュの脚に括り付けていた紐を嘴で引っ張る。紐は小瓶の口を結わえていた。

小瓶の中には、水の精霊が入っている。ウオルシュはコルクを嘴で摘み、閉じ込められていた精霊を逃がした。

水の精霊は喜んで大地に飛び込んでいく。エナガも、なんとなく足の裏から、ごくごくと勢いよく大地が水を取り戻すのを感じた。

――よかった……。

鷹のウオルシュと目を合わせると、ウオルシュも感慨深い眼差しを向けてくる。

「戻るぞ…」

「うん！」

もう一度ウオルシュの爪の上に乗る。大きな翼を広げ、羽ばたこうとすると地面から声が響いた。

《ありがとうございました。平原の王さま》

――水の精霊だ。

可愛らしい声が、このご恩は忘れません…と言っている。そして空高く舞い上がると、雪が窪んでいた枯川に、少しずつ上流から水が流れはじめていた。

「よかった。水が戻ったんだ」

川べりの人々も、これでひと安心だ。ウオルシュも丹念に川の様子を視察してから、王城へと向きを変えた。

今からなら、そう急がずとも夕刻までに城に戻れる。

「ちゃんと潜っていろ…風邪を引くぞ」

「はーい！」

翔っていく風は雪原のひんやりした空気だ。けれど空は澄んだ水色で、雪解けがそう遠くないことを教えてくれる。エナガはウオルシュの羽毛に包まれながら下を見た。

「もうすぐ春になるんだね」

「…ああ」

この大地いっぱいに、見違えるような緑が顔を出す。そして眩しい夏がやってくるのだ。

ふたりは、しばらくこの静かな雪の世界を、惜しむように見守った。

「……セーファス公と話をした時」

ほとんど自分から話すことのないウオルシュが、

唐突にエナガに言った。

「私は、父の施政は正しかったのだと、ようやく納得した」

「ウオルシュ…」

ウオルシュは飛びながら少しだけ顔を傾け、エナガを見る。

「ずっと、戦を嫌う父のやり方を、理想論だと思っていた。だから、〝やりたくないことを自分に押しつけた〟というセーファス公の言い分に、同意しかけたのだが…」

けれどそれは違った…とウオルシュは呟く。エナガは精一杯ウオルシュを見上げてその独白を聞いた。

「父が軍事に手を出さなかったのは、セーファス公に役割と立ち位置を与えるためだったのだと思う」

自分に世継ぎとしての実績を積ませようとする意図があったように、王弟公に存在意義を持たせるためにも、敢えてはっきり軍事と政治を分けて任せたのかもしれない、とウオルシュは言う。

ウオルシュは、自分の心の中を整理するように話している。

「本当に争いを嫌うだけだったら、王として戦を止めればよい。けれど、父はそうしなかった…」

〝争いは苦手だから…〟というのは、ポーズだったのではないか、とウオルシュは推測した。

「王がいて、王位を持たない王弟公がいる…もし彼が将軍の地位を与えられていなかったら、セーファス公はもっと宮廷で屈辱を嚙み締めることになっただろう」

人望では兄に敵わなかったのだから。軍事を担う立場がなければ、セーファスはただ身分の高い貴族のひとりだ。

「セーファス公にとっては、やりたくない立場を押しつけられて、苦痛だったのだろうがな」

ウオルシュは話したあと、少し苦く笑った。

「全ては、私の勝手な想像でしかないが…」

「でも、ウオルシュのお父さんだから、きっといい人なんだと思う」

弟に嫌なことを押しつけるだけの、酷《ひど》い人だったとは思えない。

――だって、大臣さんも、みんなウオルシュのお父さんのことが好きみたいだし。

「弟思いの、いい人だったんだよ。きっと」

ウオルシュが飛びながら小さく笑う。

「…私も、そう思っていたい」

「うん」

セーファス公の亡骸《なきがら》は、王族としてきちんと埋葬されることになっている。また呪術などで復活されたら困るからというのもあるのだが、ウオルシュは、セーファスの消化できなかった憤りを、わかってあげられたからだとエナガは思う。

――ツガーリン副将軍も、一緒に埋葬してあげるし…。

気の毒な人だったけれど、後追い自殺するほど慕った部下もいるのだから、まだ救いがあるような気がする。

国葬、国境警備の強化、謀叛に加担した者の洗い出しと処分…やることはたくさんある。きっと、当分は毎日王城と水晶城を行き来するだけの生活になるだろう。エナガは労るようにウオルシュを見上げた。

「水晶城に帰ったら、あっためてあげるから、ゆっくり眠ってね」

鋭い眼が、微かに和む。

「ああ…楽しみにしている」

風切り羽が音を立て、翼が大きく水晶城へと舵《かじ》を切った。

水の精霊を逃がしてから、さらに数日後のことだ。エナガは水晶城で就寝中のウオルシュを温めていた。

鷹の翼は大きくて硬いが、腹や足元の羽毛は短くてふかふかしている。エナガが顔を擦り付けて感触を味わっていると、オゴーニがこそっと呼ぶ声がした。

「エナガ…エナガ……」

「…？」

ウオルシュの翼の下から顔を出すと、オゴーニが炎を揺らして窓を指す。蔦格子の向こうに、白銀の鳥の姿があった。

「…ロニ」

銀色の綺麗な眼がエナガを呼んでいる。エナガは首を振って小声で答えた。

「だめ。ウオルシュが起きちゃうから、来ないで」

「……」

ロニはじっとエナガを見ている。その表情が悲しそうで、エナガは困った。怒られると威勢よく反発できるが、そんな顔をされると冷たくできない。

エナガはそっとウオルシュの翼の下から出て、敷布から、きらきらと陽射しが通る窓を見上げた。

「心配してくれてるのに、ごめんね。でも、ぼくはウオルシュと番になったから」

もう帰らない、と言うとロニが複雑な顔をする。

「……お前、それを俺に言うのか」

「…？」

美麗な眼で、ロニが顔をしかめた。

「ほんっとに、どうしてお前には伝わらないんだろうな」

「ロニ……」

「出てこいよ。俺の大きさでは格子を抜けられないんだ」

ロニが鳥の姿のまま誘う。エナガは言われた通り、蔦柄の格子の間をくぐって石壁の桟に出た。

「わっつ！　何するの！」

ひょい、と首に赤いリボンの輪をかけられた。首輪のようにエナガを捉え、その反対側はロニの脚に括り付けられている。

「ロニ！」

「おい！　お前！」

オゴーニも驚いて声を上げ、寝台にいたウオルシュも目を覚まして身を起こす。

ロニは羽ばたきながらウオルシュに向かって叫ぶ。

「エナガは預かった！　返してほしくば、森まで来い！」

「ロニ！　離して…っ」

ロニが勢いよく飛ぶ。エナガはバタバタと抵抗したが、ほとんど首を引っ張られるように連れていかれてしまう。

「やだっ！　嫌だったら！」

「うるさい！」

ロニがスピードを上げる。水晶城の窓からは、ウオルシュが動く気配があったが、窓はガタつくだけで動かなかった。

「蝶番《ちょうつがい》を蜜で固めたからな。そんなに簡単には開かないさ」

「そんなの、ウオルシュはひと蹴りで破るもん！」

「そうだろうな。時間稼ぎだと思ってる」

「ロニ！」

何故、こんなことをするのかわからない。けれど、ロニはどこか楽しそうな、やけくそのような笑みを浮かべている。

「お前を連れていれば攻撃はされない。どうせ行き先はわかってるんだし、ついてくるしかないさ」

「なんでそんなことするの！」

言葉通り、ウオルシュが背後から追ってくるのがわかる。けれどロニは平然としていた。

「このくらい、味わってもらわないと割に合わない」

ロニは飛びながら挑発するように後ろを振り返って笑った。

「ちゃんとついてこいよ！」

「ロニ！」

逆らおうとすると、ロニが赤いリボンを脚で引っ張り、少し乱暴気味に嘆いた。

「ああもう、本当に首輪でもつけて縛っておけばよかったよ」

「……ロニ」

ロニの苦笑が、どこか寂し気だ。

「一緒に飛んでくれよ。我儘を言うのは、これで最後だから」

村まで…と言われて、エナガはなんとなく逆らえなくなってリボンに引っ張られるように飛んだ。

――どうして…？

追いかけてきたウオルシュは、一定の距離を保っている。ロニの読み通り、従ってくれているのだ。

ロニは森の上を飛びながら、色々話しかけてくる。

「……なあ、初めて一緒に川まで飛んだ時のこと、憶えてるか？」

「…うん」

楽しかったよなあ…と懐かしそうな顔をした。

「胡桃拾いに行った時さ、お前、リスに追いかけ回されて泣いたよな」

「ロニ…」

どうしてそんな思い出話ばかりするのだろう。エナガはだんだん胸が締め付けられるような気持ちになる。ロニは、振り返らずに赤いリボンをひらめかせて飛んでいた。

「……いつか、お前を俺の殻に招くつもりだった」

――ロニ…。

後ろ姿しか見えないロニの、銀色の目が太陽に反射する。まるで、涙が光ったように見えた。けれど、振り向いたロニは少し顔をしかめて笑っていた。

「紳士協定なんか、守るんじゃなかったな」

「…紳士協定?」

「お前が番を探しはじめるまで、抜け駆けはしないって約束さ」

「え……」

「フィリもレニも、ほかにもいる……」

本当に、お前は全然気付かないんだもんな…とロニは笑った。

「解禁になったら、俺が絶対に一番に申し込むつもりだった」

だから番の話をしたり、あれこれ誘いをかけたのに…と言われて、エナガはロニの秘め事めいた〝大人の話〟が、誘いだったのだと知った。

「………ご、めん」

「謝るなよ。余計傷つくから」

「……」

後ろを飛んでいるウオルシュにも、それは聞こえたと思う。ロニは小さく呟く。

「本当に……森の外の奴にかっさらわれるくらいなら、閉じ込めておけばよかった」

――ロニ……。

ごめんと繰り返すわけにはいかない。けれど、いつも恰好よくて弱いところを見せたがらないロニの、少し辛そうな笑顔に、エナガも泣きたくなる。

――好きでいてくれたんだ……。

エナガもロニのことは大好きだった。けれどそれは大切な仲間としての〝好き〟で、フィリにもレニにも、親愛以上の気持ちにはならない。

――ごめんなさい……。

ウオルシュだけだったのだ。理屈ではなく、肌を寄せたいと願い、恋になったのは彼だけだった。

はじめは猛スピードで飛んでいたロニは、いつの間にかゆっくりと森の上を抜けていた。追いかけていたウオルシュも鋭さが消え、ただ静かに風に乗って後ろについてきている。

ロニは黙っていた。それはまるで、これを最後の思い出にするかのような飛行だった。

エナガも、だんだん自分が鳥族としての生活と別れるのだと実感しはじめる。

もうずっとウオルシュと共にふたつの城を行き来する生活をしているけれど、心のどこかではいつでも生まれ育った村に帰れるような気でいた。けれど、ウオルシュを選ぶということは、もう集落では暮らせなくなるということなのだ。

――……。

もう、生まれた時から棲んでいた卵の殻の中で眠ることもないし、広場で皆と食事を囲むこともない。

――レニやフィリたちと遊ぶこともないんだ…。

森の暮らしと別れる…。いざ現実を前にすると、不安と寂しさで胸が潰れそうだ。

――ロニとも、こんな風に一緒には飛べないんだ……。

「ピ……」

「…泣くなよ」

ぐすん、と飛びながら鼻をすすったら、ロニが〝しょうがないな〟という顔で笑ってくれる。

ずぴ…と鼻水を垂らしながら飛ぶと、ちょうど風が変わり、鳥族の集落が見えた。

森にぽっかり空いた穴のように、広場があって、そこには何人もの人が出迎えてくれている。ロニは着地と同時にくるりと人の姿になり、リボンの先にいるエナガをそっと両手で包んでくれる。

「本当にお前は泣き虫だな」

手のひらに乗せたまま、ロニは唇で拭うように涙を掬い取ってくれる。するりと首からリボンを外し、銀色の綺麗な目で微笑った。

「泣くなよ……俺は、祝福するから」

「ロニ……」

ぽん、と人間の姿に戻ると、レニやフィリたちも近づいてくる。

「レニ…フィリ…」

彼らも苦笑している。

「仕方ないね。お前があの王を好きだというんだから」

集まった人々も、優しい目をしていて、エナガはこらえきれずにぽとぽとと涙をこぼした。

「…っつ、ご……ごめ……」

「いいよ、エナガが幸せになるなら」

あんなに反対したフィリたちが、頭を撫でて励ましてくれる。エナガは嬉しさと惜別の情で声を上げて泣いた。

誰かを選ぶということが、こんなに切ない思いを伴うのだと、知らなかった。

――みんなと別れるのは嫌だよ…。

けれど、ウオルシュと一緒に暮らすということは、もうこの村には戻らないということなのだ。えぐえぐと泣いていると、ロニが肩を抱えてくれながら、かなり離れた枝に留まっているウオルシュのほうを向く。

「このぐらいは怒るなよ。お前にエナガを譲ってやるんだから」

「……」

ウオルシュは黙っている。エナガも、涙を止めてウオルシュを見た。

ロニが声を張る。

「村の総意だ。エナガとの仲を許してやる。その代わり、エナガを大事にしろよ」

「もちろんだ」

「番だというのなら、妃も愛妾も娶《めと》るな」

できるかと問われ、ウオルシュは即答で返事をした。

「当然だ。伴侶はエナガひとりだ」

「…ウオルシュ」

ロニがややつまらなそうな顔をする。

「……なら、許してやる」

「ロニ」

そっと抱えていた手を離し、背中を押す。

「ああ言われちゃ、な…」

行けよ…とぶっきらぼうに言われて、エナガは戸惑いながらウオルシュの留まった枝へ向かう。すると、その両脇をたくさんの女たちが囲んだ。

通り過ぎるごとにひとりずつから贈り物をもらう。

「おめでとう、エナガ…」

白銀のチュニック。

「幸せになるのよ」

透けるキラキラしたショール。

「元気でね…」

白樺の皮で編んだサンダル。

色糸で作った花飾り、レースの帯、鳥たちの冬毛で作った白い小さな帽子…。女たちは左右から次々と着せかけて、美しい支度を整えてくれた。

「……みんな…」

祝福の言葉に胸が詰まる。そしてウオルシュのいる枝の前まで来ると、白髪の村長が立っていた。

老人は皺深い顔でエナガを見、諦めたように息を吐く。

「こんなことは前代未聞じゃ。ワシにだって、善いか悪いかは判断がつかん」

「村長さま…」

「だが、どうせお前は禁じたところで飛び出していくじゃろうからな」

仕方がない…とまた溜息をつかれ、エナガは恐縮してぺこりと頭を下げた。

「ごめんなさい…」

まあいい…と老人は呆れた顔で手を振り、頭上の鷹を見上げる。

「だが、不幸になるとわかっている呪い持ちのところに、みすみすやるわけにはいかん」

「村長さま！」

「そこでだな…平原の王よ。考えたんじゃが、お前さんの呪いをほかへ移すというのはどうかね」

ウオルシュが鋭い眼光を眇める。

「移す…？」

「そうじゃ。幸い、もうすぐ陽が暮れる。ひとつ、ワシの案をじっくり聞いてみんかね」

陽は黄金色に枝の雪を照らしていた。

ウオルシュは村人に服を用意され、広場の焚火の前で話を聞くことにした。

とっぷり日が暮れて、広場の中央には暖かな焚火が踊っていた。人間の姿に戻ったウオルシュは、焦げ茶色のブラウスと筒履きを着て、鳥族の村人たちと一緒に火を囲んでいる。

女たちから、木をくり抜いた器に入った蜜酒を振舞われながら、ウオルシュは村長に問われるままに、呪いを受けた経緯を説明していた。そのうち、敷布の四隅を咥えた鳥たちが、紺色の空から飛んでくる。

「連れてきましたよ～！」

「よし、ご苦労！」

ロニが立ち上がって受け取る。今回のことは、全部ロニが率先して企画したらしい。敷布の中からはオゴーニが飛び出してきて、ウオルシュに報告した。

「城には火柱を上げて〝今日は帰城しない〟って報せておきました！」

「ご苦労だったな」

水晶城には、ロニのほかにも迎えの数羽が来ていたらしい。それならそうと教えてくれればいいのに、なぜ誘拐まがいの行動を取ったのだ…とエナガは憤慨したが、フィリに説得されて黙った。

ロニの気持ちを考えて、村長もフィリたちも彼の気の済むようにさせたのだという。そう聞くと怒ることはできない。

オゴーニはごとんごとんと主のほうへ移動し、村長の提案をウオルシュと一緒に聞いている。エナガもウオルシュの隣にちょこんと座った。

「……ううむ。もう呪いを移してのことだったか」

村長は石の上に座り、口ひげを弄りながら唸っている。

やはり、皆思いつくことは同じらしい。話を聞く限り、呪いを解く方法はなさそうだし…と、悩んでいる。ウオルシュは酒の器を置いて軽く頭を下げた。

「考えていただけたことに感謝する」

――ウオルシュも、いろんな方法を探したって言ってたもんね。

知恵者の村長でもこれ以上の策は見つからないのだ。エナガは落ち込みながらも、仕方がないと納得しかけていた。

「参考までに伺いたいのだが、何に呪いを移し替えるおつもりだったのか…」

移された相手は、ウオルシュと同じように昼の寒さに苦しむことになる。だが、村長は意外な名を挙げた。

「卵の殻じゃよ」

「殻？」

鳥族の家であるカラフルな殻が、広場を囲む樹木の枝々にすっぽりと収まっている。ウオルシュがそれを見回していた。

「左様。今回、若い者たちが人質に取られたのも、元をただせばこの殻を狙われてのこと…」

ヴァルプリスだけではない。過去にも何度か、この殻を求めて、森の外の人間が奪いにきたことがあるという。

「それもあって、ワシらはよりいっそう森の外の人間を警戒するようになった。だが、いくら用心しても、殻のことが知られている以上、こうした危険はいつかまた起きる」

それならいっそ、この殻を誰も使えなくしてしまえばよいのではないか…というのが発端らしい。

「番になれば、殻はひとつ要らなくなるのだ。そのたびに盗まれる心配をせねばならん」

なるほど…とオゴーニが頷いて言う。

「その案、いいんじゃないですかね…」

「だが、もう呪いは一度王の身に移してしまったのだろう？　なら、それなりに対価がないといかん」

　そう、都合よくあっちこっちに呪いを移せるものではない、と老人は言う。

「まあ確かに、そもそも殻なんかに呪いを移すっていうのも、ちょっとアレだしな…」

「なんかとはなんじゃ！　我々の卵の殻は鳥族の秘宝じゃぞ」

　殻は丈夫な建材だ。食料を貯蔵する時も、使わなくなった殻を地面に埋めてそこにしまう。鉄や青銅を使わない森の民にとって、これは貴重な材料なのだ。村長は、大切なものなのだから呪いを移す対象として立派に成り立つと主張する。

　怒られたオゴーニは炎を竦めた。

「…わかったよ。でも、そんなにすごいんなら、神様だって考えてくれるんじゃないか」

　神殿に行ってみればいいと言う。村長も確かに…とひげを撫でながら頷いた。

「ワシらで考えてどうこうできるものではない。どうだね、神殿にお詣りして、神様にご相談するというのは…」

「本当に、大切な殻に呪いをかけてしまってもよいのか？」

「もちろんじゃ。ほかの不届き者たちに狙われるくらいなら、手が出せないように凍らせてしまうほうがよっぽどいい」

　ウオルシュもそれなら、と同意した。

「では、参詣の日を決めよう」

　鳥族は卵の殻を持参する。ウオルシュとエナガは神殿で彼らと合流することにした。ウオルシュが人の姿でいられる時でないといけないので、お詣りの日は明後日の満月の夜になった。

「そうと決まったら、あとはお祝いだ」

大事な仲間を送り出すのだから、杯を受けろと言われて、広場はにわかに宴会場となった。

春までに…と取って置いたなけなしの食料を持ち出され、秘蔵の酒壺があちこちの地面から掘り出される。エナガは隣でウオルシュを見上げた。

「なんか…ごめんなさい……お城に行けなくしちゃった……」

今夜も大事な仕事がたくさんあったのに、鳥族の勝手な行動でウオルシュの貴重な時間を奪ってしまった…。申し訳ない気がして謝ると、ウオルシュの大きな手が頭を撫でた。

「いや……ありがたいことだ。お前を伴侶にもらうことを、正式に許してもらったのだからな」

「ウオルシュ…」

「俺はまだ〝仮に〟だからな」

「ロニ！」

その声に顔を上げると、銀髪の青年がふたりの前に立ちはだかっていた。ロニは腰に手を当てて何故か威嚇気味だ。

「大事なエナガを譲るんだ。不幸にしたら許さないからな」

「ロニ、もういい加減にやめろって…」

両隣でフィリとレニが苦い顔をしている。けれどウオルシュは大真面目に答えた。

「もちろんだ」

「お前もだエナガ。嫌になったらすぐ帰ってこいよ」

――――もう…ロニったら。

負け惜しみなのが充分わかる顔をしている。

「…うん。ありがとう…わ」

笑って礼を言うと、額にキスされる。ロニはこれ見よがしにウオルシュのほうを見た。

「ロニ！」

怒っても知らんぷりだ。エナガはウオルシュの眉間の皺がやや深くなったのに焦る。

「お食事もらってくるね、待ってて！」

駆け出しながら、エナガは頬が緩んでしまう。本当はよくないことなのかもしれないけれど、なんだか焼きもちを焼かれたようで嬉しい。

――えへへ。

そして、ウオルシュの本当に嫌そうなしかめ面も、それを見てにやにやと嬉しそうなロニも、やっぱり好きだと思う。

――いつか、ロニたちもウオルシュと仲良くなってくれたらいいな。

また、鷹の時のウオルシュと一緒に食料を届けにこよう…とエナガは思った。


満月の夜が来た。

エナガとウオルシュは、あらかじめ前日から神殿に移動していた。陽が暮れて入り口で待っていると、鳥族が卵の殻を二本の棒に乗せて、紐で括って担いできている。

「お待たせした」

「いや…かたじけない」

鳥族も全員白銀の正装だ。ウオルシュも王としてきちんとローブをまとっている。エナガも、大臣お勧めの白いチュニックを着ていた。

――ドキドキするなあ。

神様は、願いを聞き届けてくれるだろうか。ウオルシュは平然としているので、どう思っているかわからないのだが、エナガはとても緊張していた。

もし、もう一度神様にお願いしても駄目だったら、本当に呪いは一生解けないのだ。

ウオルシュは呪いをずっと背負っていく覚悟をしているようだけれど、できれば、村長が提案したようにほかに呪いを移せるのならそうしたい。

――ぼくは、くっついて行くぐらいしかできないけど。

それでも、どうしても神様が許してくれなかったら、自分も精一杯頼んでみようと決意していた。

神殿は山裾にある。

古い森の近くや山の奥には、いくつもの神殿がある。この神殿はポーリエで最も古く、そして一番大きな神殿だ。

城門は一面にレリーフが刻まれ白い巨大な壁のようにそそり立ち、その両脇からは高い壁がぐるりと神殿を囲んでいる。見上げるほど高い城門の一部に両開きの扉があるのだが、神官がふたり組になって片側ずつ押し開かないと動かない大きさだ。

神殿は常夜灯で壁にゆらりと灯明の影が揺れている。ウオルシュはあらかじめ夜の拝殿を伝えていて、王と鳥族の一団は、白く長い裾を引く神官に先導されて扉をくぐる。

エナガは初めて神殿に入った。

――大きいんだなあ…。

御座所は、神様が通れるように、とても天井高に造られているのだと教えられた。説明通り、古い石積みでできている神殿はとても天井が高い。

暗い神殿は、両脇に燭台が取り付けられている。金色の燭台には三本ずつ蠟燭が灯され、細長い光の道ができていて、とても綺麗だ。

円形に張り出した階段を数段上がると、また長い回廊があって、さらに進むとまた階段がある。一行は静々と神殿の奥まで進み、一番高い祭壇の前まで辿り着く。

「清めを…」

ウオルシュは儀礼に従って、神官に振り香炉で祓《はら》い清めてもらってから跪いた。

神官たちは白地に金刺繍をした長い頭巾を肩のあたりまで垂らし、長い袖と裾を持つ着物を着ている。

エナガも、銀色の香炉を頭の上で揺らされ、よい香りに包まれて神様の前に進む。

「ヴィエールノ、チェールノ…平原の民にご加護を」

祈りの声と共に神官の祝詞が続き、壁に大きな影が浮かび上がった。

白い神《ヴィエールノ》と黒い神《チェールノ》だ。王も鳥族も拝礼し、鳥族の長が、王にかかった呪いを、一族の宝物に移して欲しいと願い出る。

「我が一族の大切な宝を差し出します。どうぞ、願いを叶《かな》えてください」

「その呪いは、王が国に代わって背負うと請願したもの。すでにその願いは聞き届けられた」

「あ、いや…しかし……ワシらの願いは…」

「古き民よ、そなたらの願いごとは、どんな対価を差し出せるのか？」

「…う……その…これは、本当に大切な一族の宝物なのですが…」

神々の沈黙に、エナガは重い気持ちになった。

——やっぱり、だめなのかな。

「あ、あの神様！」

「これ、エナガ！」

村長が大慌てでエナガの口を塞ぐ。エナガがむぐむぐと抵抗していると、祭壇にふわりと暖かな光が生まれて、オーロラの三姉妹が現れた。

——あ…。

きらきらした銀色のココシュニックをつけた姉のウトレナは、深い青と水色の服を着ている。花が咲いたような豪華な頭飾りをつけた妹は、赤い焔色の服を着ていた。ふたり共艶然と微笑んでいたが、真ん中の娘、ヴェルチルは翡翠《ひすい》色の瞳と同じドレスをまとい、やわらかな声を響かせる。

「光と闇の神々よ…」

ヴェルチルの言葉に、ウオルシュが顔を上げた。

「平原の王が請願した時、お姉様と妹は彼に贈り物をしましたが、私はまだ贈り物をしていません」

私が最後の贈り物をしましょう…とヴェルチルが王に手を差し出した。

「貴方に降りかかる呪いが、全て鳥族の卵の殻に移ってしまうように……」

「お待ちなさい、ヴェルチル」

「お姉様」

ウトレナが湖のように碧《あお》い眼で卵を見る。神々の娘たちは皆、息を呑むほどに美しい。

「それでは鳥族の卵は全て凍ってしまうわ」

「そうよヴェルチル。呪いを移す卵の殻を決めてあげなくてはね」

三人の娘たちは優雅に微笑み、鳥族の民に知恵を授ける。

「役割を終え、棲む者のいなくなった卵の殻に、呪いが移るようにしましょう。その殻は凍ってしまいますから、必ず神殿に持っていらっしゃい」

「ウトレナ様…」

三姉妹は念を押す。

「神殿に捧げられた卵は、その殻が砕けて風に消えてしまうまで、決して触れてはなりませんよ」

でないと、触れた者が凍ってしまいますからね…と言われて、鳥族の民たちは平伏した。

「ありがとうございます。必ず神殿に捧げます」

「感謝いたします、オーロラの三姉妹」

神の娘たちは長い衣の袖をひらめかせて微笑んだ。

「では平原の王よ、私の授けた鷹の羽は、もう要りませんね」

「私の授けた、夜の神の恩寵も、もうよいでしょう」

ウトレナとゾーリャが白い指先で手招くと、しゅっとウオルシュの身体から光の粉が吸い取られていく。ウオルシュも深く祭壇に頭を下げた。

「神々とその姉妹に、心から感謝申し上げる」

村から持ってきたカラフルな卵の殻は、ピキピキと音を立てて凍った。

「わあ…」

――すごい…これって、ウオルシュはもう、鷹の姿にならなくていいってこと？

「ウオルシュ！」

エナガが駆け寄ってウオルシュの首を抱きしめる。

「エナガ、こら…」

「よかった…ウオルシュ」

もうウオルシュは呪いを引き受けなくてよいのだ。

エナガは嬉しさのあまり、ウオルシュの首に抱きついたまま、オーロラの三姉妹に微笑んだ。

「女神さま、ありがとうございます！」

「ほほ……可愛らしい小鳥だこと」

「本当、桃の花のようね」

姉妹たちは面白がって笑っている。ウオルシュはエナガの首根っこを捕まえて、姉妹にきちんと拝礼させた。

一番威厳のあるウトレナが、ウオルシュを見る。

「主思いの従者ね」

「不作法をお許しください。この者は従者ではなく、私の伴侶なのです」

まあ、と姉妹たちの声が華やぐ。

「いいわ。でも、そうね…それなら、ときどきその子をお使いに借りてもよいかしら……特別に願いを叶えてあげた代償に」

「え、ぼく？」

炎のような衣の末娘が笑ってエナガの頬を撫でた。

「そうよ、坊や。貴方は古き民…私たちの言葉を人間たちに伝えるのが本来の役目」

貴方たちに伝えたいことがあったら、エナガを使いにしましょう、と姉妹が言う。村長は畏れ多いと平伏して拝命した。

エナガも突然の指名に驚いたが、重要な役目をもらえたことに胸がドキドキする。

――――ぼくも、何かのお役に立てるんだ…。

エナガは淡い金の瞳をきらめかせて答えた。

「はい！　頑張ります！」

「ほほほ…可愛いこと」

「平原の王よ。そなたの治める国は、きっと善い国になるでしょう」

「その小鳥を、大事になさいね」

神々の娘たちからの祝福に、神官たちまでが深々と額《ぬか》ずいて拝礼した。

「ありがとうございます」

ウオルシュの手が、ずっとエナガの背を守るように抱えている。エナガは喜びいっぱいでウオルシュと共に神々に深く頭を下げた。

◆◆◆

平原の国の都は、今日も平和だ。

王宮の回廊は春が近くなった陽射しが降り注ぎ、ぴかぴかの床に反射している。大臣はもじゃもじゃの頭を片手で撫でつけながら、満面の笑みで王の居室に向かっていた。

どっしりと重い赤い衣に包まれた足元は、抑えきれない喜びで、階段を上るのにも軽くステップを踏んでいる。そして大臣の後ろには、仕立屋と帽子屋、靴屋と宝石商人がずらりと化粧箱を捧げ持って続いていた。

「ふん、ふん、ふーん♪」

これから、王の目覚めを待って朝の支度をする。

「そして会議にお出ましいただかねば…」

浮かれた心は、つい思ったことを口にしてしまう。大臣はおおっと、と眉を上げたが、大らかに微笑んで肩を竦めた。

最上階に着くと、そこは王の居室だ。

黒焦げにしてしまった部屋は修復をし、以前にも増して華やかになっている。

「杏《あんず》色のカーテン、緋色の布団。サテンのクッションン……」

寝台周りは色とりどりの刺繍を散りばめた生地で仕立てた。白大理石でできた床やテーブルには、蝶貝の細工を嵌め込み、真鍮で縁取って飾ってある。無数に吊り下げたすりガラスのランタンも、金の留め金に宝石を埋め込んだ。

繊細で、綺麗な色ばかり集めた装飾だ。

ウオルシュとエナガは喜んでくれているだろうか。意匠を凝らした部屋の住み心地を考えると、大臣は心が躍る。そして呪いに苦しまなくて済むようになったウオルシュが、昼も夜もこの城にいてくれるのが、何よりも嬉しい。

蠟燭の明かりのもとで行われる、真夜中の政務はもうなくなった。大臣も役人たちも、朝、登城して仕事をし、夕方まで働いたら夜は華やかな宴や舞踏会を楽しめる。

今夜は冬至が過ぎてから初めての舞踏会だ。しかも、ウオルシュもエナガも出席してくれるのだという。大臣はもう何日も前から用意しておいた服や帽子を持参して、ウオルシュたちを起こしにきた。

扉の前で、ノックをする前に声をかける。

「えー、コホン。お早うございます、陛下、エナガ様、……と……」

大臣が小さな目をぱちくりと瞬く。小首をかしげた後ろの仕立屋に、大臣は振り返って小さく首を振った。

「……もう少し、あとでお起ししよう」

「はい」

そっと、抜き足、差し足でもと来た道を帰る。大臣は、自分に言い聞かせるように呟いた。

「大丈夫。もう時間はあるのだから、政務は午後からでも……」

朝陽が眩しい回廊に、鳥の声が聞こえる。大臣はもう一度鼻歌を歌いながら、広間へと戻っていった。

◆◆◆

「や……だめだったら……ぁ…ぁ」

エナガが瞳を潤ませて見上げてくる。ウオルシュはほんのり桃色に上気した肌に目を眇めた。

すんなりと細い腕、薄い胸。なのにそのラインはしなやかな線を描き、どんな美女よりも淫らな欲望を掻き立てる。ウオルシュは居室の奥にある寝台で、起きて着替えようとしていたエナガを引き留めた。

服で隠してしまうのがもったいない。つい上着を肩から脱がせてしまい、ついでに口付けてしまい、結局押し倒してしまった。

まったく、なんと悩ましい姿なのだろう。エナガが悶えて乱れるところが見たくて、昨夜も散々抱いたのだが、ウオルシュはまた、その身体を敷布に張りつけるように両手で押さえ込んでいた。

細い手首を摑んで、あとは身体で覆って脚を封じる。悪戯に胸粒を唇で嬲ると、エナガは背をたわませて反応した。

「もう……っんっ……人が、来ちゃう…っ」

「まだ大丈夫だ…」

「ぁ…や……吸っちゃだめ…」

涙目で訴えてくる表情に、余計煽られる。半泣きで漏らす吐息の切なそうな響きが、ウオルシュを昂らせた。

「ここはだいぶ反応しているぞ」

「んっ、んっ…」

太腿でエナガの脚を割り、可愛らしく震えた場所を擦り上げると、エナガは耐えられないようにビクビクと腰を浮かせる。もうすぐ大臣が朝の迎えに来るのがわかっているから、エナガは一生懸命声をこらえているのだ。

そんなことをされると、余計啼かせたくなる。ウオルシュは滴を垂らした場所を刺激しながら、エナガの最も弱い耳のあたりを舐った。

「ぁ…ぁあ……」

抑えきれずに、エナガが喉を反らして喘ぐ。甘い金色の瞳が愉悦に涙を滲ませるのも、小さな唇から淫らな吐息が漏れるのも、たまらなくそそる。ウオルシュはエナガの小さな芯が精を放って弾けるのと同時に、さらにその奥の秘部へ、猛《たけ》った肉茎を押し進めた。

一晩に何度も受け入れた場所は、張り詰めた大きさをすんなりと飲み込んでくれる。

「は…ぁう……」

目を見開いてエナガが声を上げた。だが極まった声ときゅっと締め付けてくる感触に、ウオルシュも抑えきれない息が漏れた。

「ぁ……ウオルシュ……だ、だめ…動いたら……声…出ちゃう……っ」

「気にするな。誰も来ない」

「うそ……あ、あ、ぁんっ……やっ…」

律動に、小さな身体がヒクヒクと動く。壊してしまわないようにと思うのだが、悩ましく身を捩るエナガの肢体に、理性が吹っ飛びそうになってしまう。

「ぁ…あ、はぅ……っん」

「エナガ……」

押さえつけていた手が、いつの間にかウオルシュの腕を掴んでいる。エナガの吐息は蕩けそうに甘く、金色に潤んだ瞳に切なげに見つめられると、加減はまったくできなくなった。

――エナガ……。

激しく愛してしまう。小鳥なのだから、そっと扱ってやらなければいけないのに、人の姿に戻ってからというもの、夜が明けてもエナガを貪るのをやめられない。

「んんっ、ウオルシュ……っぁあっ！」

エナガの内側の奥深くまで己を押し挿れる。吸いつくように包まれる内襞の感触が、激しい快感を生んで、全身を走り抜けた。

エナガも極まった声を上げる。

「ぁ……きもち……ぃ……ぁ」

湧き上がる愉悦が、熱くエナガの中で爆《は》ぜた。神経が灼けるような強烈な快感を放出すると、受け止めたエナガはヒクヒクと小刻みに痙攣《けいれん》した。

「エナガ……大丈夫か？」

息を荒く乱しているエナガに、不安になって囁きかける。もしかして、激しすぎただろうか。

「だ……だいじょ、ぶ……」

　はあ、と甘い吐息を混じらせ、エナガが首に手を伸ばしてくる。ウオルシュはその悩殺的な感触に瞠《どう》目《もく》した。

　背中側に手を入れて抱き上げてやると、エナガは耳元で文句を言う。

「もう……朝はダメだって言ったのに…」

「悪かったな」

　そんな悩ましい声を上げるからいけない…と言いたいが、怒られそうなので黙っている。

「昨夜、いっぱいしたでしょ？」

　苦情さえ、甘く耳を掠める。ウオルシュは仕返しのようにエナガの耳を軽く齧った。

「お前は、いくら貪っても足らないのだ」

「ぁ……ウオルシュ……」

　ぴくん、とエナガは桃色の髪を揺らして目を閉じる。あのちまっとした姿からは想像できないほど、感じやすい身体だ。

「だ、…もう、本当に大臣が来ちゃうから！」

「来たらこの声も聞かせてやれ」

「や、やだ…っ……ぁ……ぁ」

　朝に共寝ができるようになったばかりだ。少しは気を利かせてくれるだろう。

　政務は山のようにあるが、多少遅れても全部今日のうちに片付ける自信はある。きっと大臣も協力してくれるはずだ。

　――皆も、舞踏会までには仕事を終わらせたいだろうからな。

「もう…ウオルシュ…っ」

　エナガと一緒に参加する、華やかな夜の宴を想像して、ウオルシュは幸福な笑みを浮かべて目を閉じた。

あとがき

お読みいただきまして、ありがとうございました。

このお話は、スラブ神話とかロシア民話をイメージして作りました。とはいえ、本家とはだいぶ違いますので、雰囲気だけ味わっていただけるとありがたいです。

炎の精霊・オゴーニはスラブ語ですが、サンスクリット語に直すと〝アグニ〟になります。こちらのほうが耳馴染みがありますかね。キャラクターとしては、アニメ「ハ●ルの動く城」のカルシファーみたいな感じです。一神教の神々と違って、ギリシャ神話とか古代の多神世界は神様がすごく人間臭くて、とても好きです。

主役のふたりは、俳句の季語「温《ぬく》め鳥《どり》」がモチーフです。

日本画家の小原古邨《おはらこそん》氏が描く温め鳥の絵を、ひと様に「こんなのがあるわよ」と教えていただき、爆萌えして出来上がってしまいました(笑)。おっかない顔をした鷹の足元から、ぴよっと覗く雀の可愛らしさにやられたのです……が、主役は鳥の中で一番のお気に入り〝シマエナガ〟を抜擢(なので、名前はそのままエナガ)。大好きなロシアのお城とか、悪役が美形とか、ほぼ好きなもので埋め尽くしたお話です。うう、楽しい。読んでくださる方の琴線に触れていたら、もっと嬉しいです。

円之屋穂積《まるのやほづみ》先生には、美しいイラストをお描きいただき、本当にありがとうございました。ウオルシュがすごいエロかっこいいです。小鳥のエナガもキュンキュンする可愛さです。

また、担当様には今回も大変お世話になり、ありがとうございました（ぺこり）。

そうそう、ちょっと宣伝です。今年からTwitterをはじめました！　仕事の呟きより日常報告の方が多いのですが、よかったらチラ見してくださいませ。あと、同人誌はすべてAmazonに電子版があります。ポチれば読める、いい時代になりました（しみじみ）。

ご感想とかもいただけたら嬉しいです！　ではまた！

深月《みつき》　拝

花の名を持つ君と恋をする《はなのなをもつきみとこいをする》

深月ハルカ
イラスト：小禄

本体価格 870 円+税

"フィオーレ" の希少種であるオルティシアは、「西の街」を訪れた最高執政官・ジンと出会う。"フィオーレ" は花の種から生まれた異種族で、生きた宝石として「西の街」では珍重されており、王や貴族の鑑賞品として愛でられていた。その中で最も美しいと称されるオルティシアは感情を表すのが苦手で、宴の席でうまくジンをもてなすことができなかった。そんな時、使節団のひとりとしてジンがいる「月の都」へ向かうことに。再びジンに会えると喜ぶオルティシアだったが、再会したジンに「『月の都』ではフィオーレの存在は認められていない」と冷たく言い放たれて…？

リンクスロマンス大好評発売中

精霊使いと花の戴冠《せいれいつかいとはなのたいかん》

深月ハルカ
イラスト：絵歩

本体価格 870 円+税

私が生涯かけて、おまえを護ると誓う――。「太古の島」を二分する弦月国と焔弓国。この地はかつて、古の精霊族が棲む島だった。弦月大公国の第三公子である珠狼は、焔弓国に占拠された水晶鉱山を奪還するため、従者たちを従え国境に向かっていた。その道中、足に矢傷を負ったレイルと名乗る青年に出会う。共に旅をするにつれ、珠狼は無垢な笑顔を見せながらも、どこか危うげで儚さを纏うレイルに心奪われていく。しかし、公子として個人の感情に溺れるべきではないと、珠狼はその想いを必死に抑え込むが、焔弓軍に急襲された際、レイルの隠された秘密が明らかになり――？

闇と光の旋律
～異端捜査官神学校～

やみとひかりのせんりつ～いたんそうさかんしんがっこう～

深月ハルカ
イラスト：高峰 顕

本体価格870円+税

世間を震撼させる新種のウィルスが蔓延し、人々は魔族化した。その魔族を討伐する異端捜査官たち。彼らは、己を選んでくれた剣とともに魔族討伐を行う——。高校生の五百野馨玉は、ある日、大槻虎山と名乗る孤高の青年に出会う。異端捜査官候補生として育成機関の神学校に通う虎山は、強靭な力ゆえ、いまだ「剣無し」の状態だという。馨玉はそんな虎山と共鳴できる剣を体内に宿す特別な存在らしい。虎山に「おまえの力が必要だ」と告げられた馨玉は、彼の剣となるべくライゼル神学校に編入させられるが…？

リンクスロマンス大好評発売中

華麗なる略奪者

かれいなるりゃくだつしゃ

深月ハルカ
イラスト：亜樹良のりかず

本体価格 870 円+税

日米共同で秘密裏に開発された化学物質「Ａｉｒ」の移送を任命された警視庁公安化テロ捜査隊の高橋侑。しかし任務は急遽中止され、侑は世界トップクラスの軍事会社のＣＥＯであるアレックスの護衛につくことになった。米国を代表する要人警護という本来行うことのない任務に戸惑う侑の前に、金色の強い眼光と凍てつく空気を滲ませるアレックスが現れる。彼が所有する特別機に搭乗した侑は「おまえは政府公認の生贄だ」と告げられ、アレックスに無理やり身体を暴かれて——？

人魚ひめ

にんぎょひめ

深月ハルカ

イラスト：青井 秋

本体価格 855 円+税

一族唯一のメスとして大事に育てられてきた人魚のミルの悩みは、成長してもメスの特徴が出ないことだった。心配に思っていたところ、ミルはメスではなくオスだったと判明。このままでは一族が絶滅してしまうことに責任を感じたミルは、自らの身を犠牲にして人魚を増やす決意をし、そのために人間界へと旅立つ。だが、そこで出会った熙顕という人間の男と惹かれ合い「海を捨てられないか」と言われたミルは、人魚の世界熙顕との恋心の間で揺れ動き…。

リンクスロマンス大好評発売中

密約の鎖

みつやくのくさり

深月ハルカ

イラスト：高宮 東

本体価格855 円+税

東京地検特捜部に所属する内藤悠斗は、ある密告により高級会員制クラブ『LOTUS』に潜入捜査を試みる。だがオーナーである河野仁に早々に正体を見破られ、店の情報をリークした人物を探るため、内偵をさせられることになってしまった。従業員を装い働くうちに、悠斗は華やかな店の裏側にある様々な顔を知り、戸惑いを覚える。さらに、本来なら生きる世界が違うはずの河野に惹かれてしまった悠斗は…。

LYNX ROMANCE

小説原稿募集

リンクスロマンスではオリジナル作品の原稿を随時募集いたします。

募集作品

リンクスロマンスの読者を対象にした商業誌未発表のオリジナル作品。
（商業誌未発表のオリジナル作品であれば、同人誌・サイト発表作も受付可）

募集要項

＜応募資格＞
年齢・性別・プロ・アマ問いません。

＜原稿枚数＞
４５文字×１７行（１枚）の縦書き原稿、２００枚以上２４０枚以内。
※印刷形式は自由。ただしＡ４用紙を使用のこと。
※手書き、感熱紙不可。
※原稿には必ずノンブル（通し番号）を入れてください。

＜応募上の注意＞
◆原稿の１枚目には、作品のタイトル、ペンネーム、住所、氏名、年齢、電話番号、メールアドレス、投稿（掲載）歴を添付してください。
◆２枚目には、作品のあらすじ（４００字～８００字程度）を添付してください。
◆未完の作品（続きものなど）、他誌との二重投稿作品は受付不可です。
◆原稿は返却いたしませんので、必要な方はコピー等の控えをお取りください。
◆１作品につき、ひとつの封筒でご応募ください。

＜採用のお知らせ＞
◆採用の場合のみ、原稿到着後６カ月以内に編集部よりご連絡いたします。
◆優れた作品は、リンクスロマンスより発行させていただきます。
原稿料は、当社既定の印税でのお支払いになります。
◆選考に関するお電話やメールでのお問い合わせはご遠慮ください。

宛先

〒151-0051
東京都渋谷区千駄ヶ谷４−９−７
株式会社　幻冬舎コミックス
「リンクスロマンス　小説原稿募集」係

この本を読んでのご意見・ご感想をお寄せ下さい。

〒151-0051
東京都渋谷区千駄ヶ谷4-9-7
(株)幻冬舎コミックス　リンクス編集部
「深月《みつき》ハルカ先生」係／「円之屋穂積《まるのやほづみ》先生」係

リンクス ロマンス

孤独の鷹王と癒しの小鳥

2019年8月31日　第1刷発行

著者……………深月《みつき》ハルカ
発行人…………石原正康
発行元…………株式会社　幻冬舎コミックス
〒151-0051　東京都渋谷区千駄ヶ谷4-9-7
TEL 03-5411-6431（編集）
発売元…………株式会社　幻冬舎
〒151-0051　東京都渋谷区千駄ヶ谷4-9-7
TEL 03-5411-6222（営業）
振替00120-8-767643
印刷・製本所…株式会社　光邦
検印廃止

ISBN978-4-344-84501-5 C0293
Printed in Japan

幻冬舎コミックスホームページ　http://www.gentosha-comics.net